城事 ｜ 南京
City Legend ｜ Nanjing

金陵女儿

薛 冰 著

上海三联书店

目录

辑二　〰〰〰　她们

序

二〇〇二年，应王稼句先生之约，一同来编撰一套"江南风月"丛书。我承担的便是这本《金陵女儿》。按照商定的编例，这套书既不算纪实，也不是小说，而属一种文化随笔，内容可以有真人真事，也可以有假人真事，当然也免不了真人假事和假人假事。

朋友们听说了，都道："好啊，挺有意思的。"

这自然是对我的一种鼓励。

说实话，愿意接受这个选题，也正是因为觉得"很有意思"。可是待到下手去写，才发现事情并不是那么简单。这本书所应描述的金陵女儿，没有一位是可以直接采访的；所描述的事件情节，几乎没有能够实地考察。我所能利用的，只是历史上遗留下来的未必可靠的文字记录和未必正确的旧有评判。打个不一定恰切的比方，就好像考古工作者要将一堆破碎的陶片，拼接复原为一件完整的陶器，已有的陶片未必都属于这陶器，属于这陶器的碎片也未必都能搜集得到。甚至根据这些碎片能拼出怎样一件器物，在事前是无法确知的，任何先入为主的臆断都可能导向歧途，而前人的评判所指示的，又很可能是一条错误的路径。唯一可行的做法，就是尽可能多地搜集历史的碎片，尽可能严谨地鉴别筛选，尽可能准确地将它们安放到应在的位置上去。

这是一个回旋往复的过程，选择和安放的每一次失误，都意味着有一部分工作将要推倒重来。只有当相对完整的器物出现在眼前时，才能轻松地吁一口长气。

也就是说，为了满足读者朋友"有意思"的愿望，我必得去做许多未必有意思的工作。

尽管写作这样一本书，肯定不会如朋友们阅读这本书时那样轻松，但我还是坚持着一篇一篇写了下来。因为这困难的工作，也别有趣味。

最大的趣味，就在于温故而知新。

新知之一，这本书中所描述的金陵女儿，以今天的流行话语说，都是某种程度的"公众人物"。在这一意义上，她已不再是那个在某一时代、某一场景中真实生活过的女人，而是社会和历史层累地堆塑成的偶像了。

这种堆塑在她们生前就已经开始，而且她们自己很可能也参与了这项工作。时代氛围是一种伟大的力量，生活于其中的人，不知不觉间就为它所改变，甚至在主观上，也会自以为就是某种时代使命的承载者，认真地朝它所诱导的那方向去努力，还认为是在实现自己的独立意志。这就更为后世的研究增添了难度。

生前越是为人所关注的女性，往往就越为后世所重视。她们的人生际遇并不随着生命的结束而终止，甚至死后的内容比生前更为丰富。中国人喜欢说"盖棺定论"，其实凡是盖棺时需要有一个结论的，那结论通常都靠不住。也就是说，盖棺时的"定论"终将被改变。

历史有些像时间的因特网，每一位"网虫"都可以由着自己的性子或因着自己的利益，在历史人物的脸面上涂抹一些色彩。所以，本文开头所说的那些真真假假，不是我故弄玄虚，更不是我的创造。它们早已存在，是今天的读者所不得不面对的事实。我无法改变这一事实，只能尝试着进行自己的"复原"工作。

新知之二，历史上进行这种堆塑工作的人，这些金陵女儿的塑造者，基本上都是男性。

说白了，这些历史上的女性角色，其实都是男权社会或男性意识塑造出来的女性形象。在她们的姓名符号下所表现的，很可能恰恰不是女性的本来面目，而是男性视角中未必正确甚至未必正常的女性形象。

当然，这"正确"与"正常"，也还只是基于某一时代、某种意识的判断。在这个问题上是不是有绝对真理，我不敢说，即使有，至少现在的人类也还无法抵达。

不过，人类社会既然由男女两性组成，男人或女人就必得生活在对方的视线中。就算如阿Q般的落难，就算如嫦娥般的飞升，私心里总还保留着对于异性的精神审视或价值判断。无论这种判断可能谬误到何等程度，但就审视本身而言，是并没有错的。

女性，理应成为男性历史中不容忽略的文化景观。反之，亦然。只是因为迄今为止历史文本的撰写者，或者说主流文化的发言人都是男性，所以我们能够看到的多为前者，而少有后者。

那些已经进入历史的女性公众人物，她们自己已无法发言，后人似乎可以随心所欲地描述、议论，甚至诽谤她们。但是她们的存在，竟又是如此地无法逾越。她们就像一面面镜子，将每一个后来的演说者照透肺腑，照出原形。

我们今天所能做的有意义的工作，正是剖析这种堆塑过程，解读后人为什么和怎样为逝去的角色延续"生命"。即令后人的追述是以艺术的形式出现的，其意义也必然超出艺术的范畴。这未必就能让我们得睹金陵女儿们的历史真面，但是，通过重新审视和评判堆塑过程所反映出来的畸形的社会视角，进一步认识那个特定的社会历史氛围，或许比揭示某一个人物的历史真面更有价值。

所以，这本《金陵女儿》，肯定不会是一部南京女性生活史，更不是对南京历史上杰出女性的表彰。它也未必能算什么文化研究，只是又一个读者对于历史的审视和解读罢了。

就连拟下这样的十几个题目，也很难说有什么道理。

如果一定要说理由，大约只能是这样两条：一种是以人为题，写的是在南京活动过的女性形象；一种是以事件为题，写的是在南京发生过且与女性有关的旧事。就人来说，未必是最杰出或最著名的"金陵女儿"；就事来说，也未必是最辉煌或最重要的女性活动。之所以选择她们而不是选择其他的历史人物，只是因为她们的遭际，她们身上所能承载的历史信息、文化负荷，更有利于反映有史以来南京女性物质生活和精神生活的某些侧面，反映她们生活于其中的那个特定的历史环境。从她们的身上，或者不如说，从她们的被塑造成某种形象的过程中，可以更清晰地看出时代的痕迹和历史的变化。

同样，这种抒写，也无意于给世人提供某种教训，而只希望能为读者提供一种阅读或思考的参照，一种新视角。

最后想说的是，尽管对于我来说，这绝不是一件轻松的工作，但我总算完成了。这里，也许可以用爱因斯坦的一句话作结："不是我聪明，只是我和问题周旋得比较久。"

二〇〇二年七月

修订附记：

不经意间，时间已过去十五年。

上海三联书店有意重版这本书，我在高兴之余，也意识到必须做一些修订。主要是因为，这十五年间，我对南京的历史文化，有了一些新的了解和理解，特别是在《南京城市史》和《格致南京》的写作过程中，发现了自己过去认知中存在着不少错误。这些错误也反映到本书的表述之中，所以不能不加以改正。

另外，本书原稿共十六篇文章，但初版时，出版社不知出于什么原因，在付印前临时抽掉了最后一篇《天国谣》。然而我将《天国谣》收入增订本《家住六朝烟水间》，现已印售数万册，也没发现有什么问题。所以趁这次重版的机会，我仍将《天国谣》补入，以恢复本书应有的面貌。

期待着读者朋友们的批评指正。

二〇一七年三月

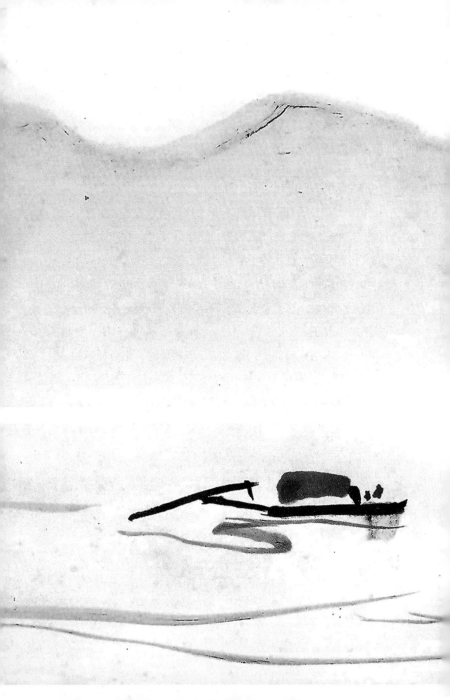

辑一

她

青溪歌

说金陵女儿的故事，当从青溪小姑开始。

因为这位青溪小姑，堪称"六朝佳丽"第一人。

虽然她被认定死于东汉末年，但她进入人们的视野，却正是死后的事情。若论六朝人物，她自然要算最年长的一位。

也因为，在她之前的南京名女子，比如史传中那个被伍子胥怀疑会泄露他行踪，遂投水自尽以明心迹的溧水浣纱女，比如传说中那个嫁给江南国主为妻，而日夜思乡啼哭不止的越国少女，都被人赋予了过于浓重的思想色彩，成了某种意识的枯槁标本。倒是这个一度被尊奉为"神"的金陵女儿，却始终不失"人"的丰姿和浪漫。

古往今来，凭吊青溪的骚人墨客，写下了无数流金溢彩的文字，相比之下，提到这位最早与青溪结下不解之缘的女性的，实在不能算多。她似乎并没有什么值得张扬的事迹，也没有留下多少供人观瞻的遗痕，流星一样掠过金陵的长空，湮没在青溪的六朝繁华里。

不要说吟咏青溪小姑的文字了，六朝以后的南京人，也只是依稀记得青溪小姑是他们的乡亲而已，很少能弄得清青溪小姑的来龙去脉，于是，朴实的南京人，也就难以决定对她应该持什么样的态度。

青溪小姑的朦胧身影，就这样在人们迷惘的目光中，绵延了将近两千年。

青溪小姑端坐在六朝青溪的源头。

《乐府·神弦歌》的第六曲，就叫《青溪小姑》："开门白水，侧近桥梁；小姑所居，独处无郎。"所谓《神弦歌》，属《乐府·清商曲》的一部，六朝时期产生和流行于南京一带，是祭祀神祇时"弦歌以娱神之曲"，其间且掺杂神、人恋爱故事，实际上也可以算是一种民歌。由此可知，那时的人们已经将青溪小姑列入"神"的行列，而且对她的无郎独处，怀着明显的惋叹。

青溪并不完全是一条天然河流。据唐人许嵩《建康实录》记载，东吴赤乌四年（241）"冬十一月，诏凿东渠，名青溪，通城北堑、潮沟"。实则东吴所凿的东渠，也不是全部的青溪，它只是起到将城东、北一带的天然河塘与人工运河贯通起来的作用。据方志记载，当时的青溪有"九曲七桥"，自钟山西南脚下蜿蜒向南，直达今天夫子庙附近的淮青桥口，与秦淮河汇合。如此说来，从有青溪之始，就有了青溪小姑。

换个角度说，最初的青溪小姑身份明确，就是青溪的水神。她与东吴时被封为中都侯的蒋子文，并没有什么关系。

南朝宋刘敬叔的《异苑》中，才出现青溪小姑是"蒋侯第三妹"的说法。他记载了这样一个关于青溪小姑庙的故事，说是庙中生长的谷子十分高大，有鸟在上面筑巢产卵。晋太元年间，陈郡的谢庆骑马经过，用弹弓射死了几只，当时就觉得浑身发寒。到夜里睡觉，梦见一个女子，衣冠庄严，发怒说："这些鸟是我养的，你凭什么来侵害。"没几天谢庆就死了。

也许是为了强调"神"的尊严吧，刘敬叔赋予了青溪小姑过于强烈的报复心。

这位谢庆的另一个名字叫谢奂，虽然没有什么名气，但他有个大大有名的儿子，就是南朝时开一代诗风的谢灵运。

现已散佚的南朝陈顾野王《舆地志》中，也有关于青溪小姑祠的记载。宋人张敦颐是见到过《舆地志》的，他在《六朝事迹编类》的《青溪》条目中引《舆地志》："青溪发源钟山，入于淮，连绵十余里。溪口有埭，埭侧有神祠，曰青溪姑。"在《青溪夫人庙》条目中又说："按《舆地志》：青溪岸侧有神祠，世谓青溪姑。南朝甚有灵验，尝见形于人。

祠今与上水闸相近。说者云："隋平陈，斩张丽华、孔贵嫔
于青溪栅下，今祠像有三妇人，乃青溪姑与二妃也。"

　　"见形于人"，就是民间所说的"显灵"了。上水闸即
在今东水关位置，是南唐建金陵城后，秦淮河进入城内的
闸口。

　　值得注意的是，六朝的三百年间，并没有人说到青溪
小姑是投水而死的。至于将张丽华、孔贵嫔也安置进青溪小
姑庙，就说不清有什么道理，应该是出于一种同情心理吧，
或许因为她们都是女性，或许因为她们都与帝王家有关的
缘故。

　　既然我们的祖先为青溪小姑认下了这么一位大哥，我们
也就不能不来认识一下这位侯爷蒋子文。

　　关于蒋子文的最初记载，见于晋人干宝《搜神记》卷五。
据说蒋子文是广陵人，"嗜酒好色，佻达无度"，但是他常
常宣扬说自己"骨清，死当为神"。他在汉代末年当了秣陵
尉，大略相当于秣陵（今南京）的警察局局长，后来追贼直
至钟山下，被打伤了额头，他自己用带子把伤口缠起来，是
打算继续追下去的意思，结果就死在了路上。到东吴初年，
蒋子文的老部下在路上竟又看见了他，"乘白马，执白羽"，
前呼后拥，像他生前一样。这见鬼的人吓得直跑，蒋子文追
上他，对他说："我该在这里做土地神，造福一方百姓，你
告诉大家，为我立祠，否则将有大灾祸。"于是先有大疫，

接着是小虫钻入人耳致人死命，后来又火灾频发，弄得原本不相信的吴大帝孙权也只得服了他，派使者封蒋子文为"中都侯"，封其弟蒋子绪为"长水校尉"，"皆加印绶，为立庙堂"，于是灾祸都停止了。老百姓就格外地信奉他。蒋侯庙最初建在钟山孙陵冈，也就是后来的孙权陵。当时因为孙权之祖名钟，为了避讳，遂将钟山改名为蒋山，弄得钟山真有点像蒋家的山了。

　　蒋子文的"骨清"，在石印本文言笔记中多写作"骨青"。民国年间南京词人卢冀野撰联挽蒋苏庵之母，就曾以"青骨"为典，与"红雪"相对，颇以"皆取蒋氏故实"而得意。然而蒋苏庵虽然淹博多才，见了"青骨"还是甚觉诧异，遍检类书不知出处，最后只好当面向卢冀野讨教。其实卢冀野怕也是上了俗本小说的当。

　　"骨青"二字确实难解，就算是骨头成了青色，不剖开皮肉也看不见。"骨清"当取轻清重浊之意，蒋子文嗜酒好色而扬言"骨清"，正与少林寺僧"酒肉穿肠过，佛祖心中留"的意旨相合。且"骨清"多为古人所用，如唐杜甫"尔克富诗礼，骨清虑不喧"，杜牧"骨清年少眼如冰，凤羽参差五色层"，朱庆余"永日微吟在竹前，骨清唯爱漱寒泉"。宋苏洵《答陈公美》，"君亦已有嗣，骨目秀且佳"，亦取清秀之意。不过南京人的俗语中，"轻骨头"并不是什么好话，在情人之间或属调笑，此外就不脱贬义了。

《搜神记》中记载蒋子文故事共五条，都没有提到他还有个三妹。其中只有一条提到了蒋家的女眷，说是晋代的咸宁年间，太常卿韩伯的儿子，会稽内史王蕴的儿子，光禄大夫刘耽的儿子，同游蒋山庙。庙里供奉的有几个妇人像，形貌端正。这几个公子哥儿正好喝醉了酒，遂开玩笑，各选看中的妇人塑像相配。不料当天夜里，三人同时梦到蒋子文派的使者前来，转达蒋子文的话说，他家的女子都不算漂亮，既蒙各位看中，很觉荣幸，就定在某日，前来奉迎各位。三个人先还以为是自己做了怪梦，第二天一碰头，知道所梦相同，这才害怕起来，备了三牲供品，到蒋山庙去谢罪乞免。这天夜里，又梦到蒋子文亲自前来，责备他们的反悔。这几个人果然就都死了。

蒋子文如此一言九鼎，能轻而易举地处置这样几位"高干子弟"，是因为据说这位蒋侯在东晋时曾屡次帮助君王平定战乱，所以东晋加封蒋子文为"相国"。

但到南朝初，宋武帝永初二年（421），却下令普禁淫祠，自蒋子文以下的各路神仙都被毁像废庙，绝了香火，青溪小姑自也不得例外。直到孝武帝孝建初年（454）才复建蒋庙，并加封号"相国大都督中外诸军事"，明帝泰始年间又进封"蒋王"。

所以，青溪小姑在南朝宋时成为蒋子文的"三妹"，就不奇怪了。能够与一路青云的蒋子文沾亲带故，青溪小姑祠自然也就可以打破禁令重建。而青溪正好又发源于钟山，说起来还真有一脉同源的缘分。至于一定是"三妹"，则因为已经有了一位"长水校尉"的二弟在。

重新坐进祠庙的神祇，自然要尽快建立权威。何况蒋子文的神通又如此广大，余威所及，他的妹妹要伤害祠中灵鸟的谢妪以命相偿，也就顺理成章了。

南朝齐时，蒋子文更登峰造极地"进号为帝"。此后直到南唐时，又重修蒋帝庙，赐谥"庄武"。北宋景祐二年（1035），这位蒋庄武帝还得到了宋仁宗一块"惠烈"的赐额。最后是明崇祯年间，加号"威灵"。

蒋子文受到六朝君王的如此宠爱，不是没有原因的。

首先，他是一个从长江北岸来到金陵的执政者；其次，他又是在追"贼"的途程中负伤而死。这就有了双重的象征意义。

六朝的统治者，恰恰也都是金陵的外来者，而六朝时期内乱外患引起的战争，又十分频繁。"三百年间同晓梦，钟山何处有龙盘"，李商隐早就揭破了金陵"帝王之宅"的神话。六朝的君王对于剿平内贼外寇，几乎都有些力不从心。制造一个"天助我也"的偶像，哪怕能从心理上给敌人以威慑，也可以让自己得到些许安慰。

刘宋王朝的变化尤其能证明这一点。宋武帝刘裕身为一代开国之君，"想当年，金戈铁马，气吞万里如虎"，以为命运完全掌握在自己手中，当然不把那些"怪力乱神"放在眼里，更不能容忍像蒋子文这样变些小魔术讨封官的角色，所以一概扫地出门。然而时隔仅二十年，到了宋文帝元嘉年间，国内就不断出现反叛和动乱，一波未平，一波又起。所以到了孝建初年，就不得不再度借助于蒋子文的神威了。

南唐年间的重修蒋帝庙，大略也可以由此得到解释。

到了南朝齐、梁时，青溪小姑的形象发生了很大的变化。

南朝梁人吴均的《续齐谐记》中，有一个《青溪庙神》的故事，说的是会稽人赵文韶，南朝宋元嘉五年（428）时，正在都城建康（今南京）做着东宫扶侍的官，住在青溪中桥，与尚书王叔卿家只隔一条小巷，相距约二百步。一个秋夜，月色甚好，赵文韶怅然而生思乡之情，倚在门旁唱了一首《西夜乌飞》的歌曲，歌声哀伤。这时来了一个十五六岁的青衣丫鬟，对他说，王家娘子正在赏月，听到您的歌声很感动，让我来看一看是谁在唱。当时天还不算太晚，人们都还没休息，所以赵文韶完全没有疑心，同她应答了几句，便邀请她家娘子来相见。没一会儿，娘子来了，只有十八九岁年纪，形容举止，楚楚可怜，身边跟随着两个丫鬟。赵文韶问她家住哪里，她举手指着王尚书的宅院，说，因为听了您的歌声，才贸然前来相见。您能再为我唱一支歌吗？赵文韶便又唱了一支《草生磐石下》。这是一支清朗欢畅的歌，很合娘子的心意。她说，只要有瓶，还怕没有水么。遂让丫鬟回去取箜篌，她要为赵先生奏一曲。转眼箜篌取到，娘子轻拨几下，泠然有声，更增添了她的娇艳。娘子让丫鬟唱一支《繁霜》，歌词是："繁霜侵晓幕，何意空相守，坐待繁霜落，歌阕夜已久。"娘子解下腰带，系在箜篌的中部吊住，以金簪叩击伴奏。随后娘子又唱了一首歌："日暮风吹，叶落依枝，丹心寸意，愁君未知。"投怀送抱的意思已经很明显了。于是两情相悦，遂同寝处。到了四更天，娘子告辞时，脱金簪以相赠。赵文韶也回赠了白银碗和琉璃匙各一件。天亮以后，赵文韶出门，偶然在青溪庙休息，忽然在神座上发现了自己赠娘子的白银碗，不禁心内疑惑，及至转到屏风后面，竟看到琉璃匙也在那里，而箜篌上的带子，也像夜间那样系着。细看庙里，供祀的是女姑神像，旁边站着个青衣丫鬟，正是他夜里见过的模样。此后，也没有再见她们来找他。

　　但是这故事有一个无法弥补的漏洞，那就是元嘉年间，青溪小姑祠还在禁毁之列，倘若再弄出点风流韵事来，岂不更坐实了"邪魔外道"的名声。吴均真正想说的，很可能是王尚书家女眷"红杏出墙"的故事，只要看文中一再交待出王尚书宅，就可以知道。或许是吴先生不想让王家过于难堪，或者是怕落个发人阴私的恶名吧，所以他就近找了青溪小姑来顶缸。反正青溪小姑已经有了蒋子文这个哥哥，哥哥的"佻达无度"是出了名的，妹妹自然不妨也"潇洒走一回"。

冯梦龙《情史》中引录了《续搜神记》中的一个故事，说东晋太元年间，谢家沙门竺昙遂，二十来岁，生得白皙端正，因为到青溪小姑庙中游玩，被青溪小姑看中，托梦要他到青溪庙中做神。竺昙遂不久死去，临死之际，将此事告诉同学。后同学到庙中去看他，虽不能见面，却可以交谈。

《续搜神记》这个书名仅见于《法苑珠林》，其实就是《搜神后记》的别名。此书旧题陶渊明著，实系伪托，大约也是南朝齐、梁间的作品。所谓"晋太元年间"，也就相当于老奶奶说故事的"古时候"而已。但这个故事情节简单，影响不大，后人很少转述。

在此之后，好像就没有什么人同青溪小姑有过直接的交往。直到一千多年后，清道光二十年（1840），"风雷诗人"龚自珍客居青溪小姑祠附近，才又有"蒋侯三妹梦中至"的说法，出现在他的词作《台城路》中。当然这更可能是诗人笔下的浪漫。

不过，从东吴到萧梁，时隔不过三百年，若从宋、齐算起时间就更短了，吴均竟敢拿青溪小姑编排风流艳事，可见其时蒋三妹的地位已大为下降。

确实，后世的人们尽管仍然敷衍着称"帝"的蒋子文，可说到青溪小姑，也就多从风流浪漫上去发挥了。

六朝以后蒋氏兄妹的地位下降，首先是因为金陵失去了帝都的地位。洛阳、长安的皇帝，就是需要相助杀贼的神仙，也用不到远在江南的蒋子文，这自然也会连带到对"蒋三妹"的尊奉。

其次是因为青溪繁华的衰落。隋朝灭陈后，将帝王权贵都掠去洛阳，对南朝宫城和青溪沿岸的贵族园墅则任其圮败零落。所以李白看到的是"吴宫花草埋幽径，晋代衣冠成古丘"，张乔看到的是"宫殿余基长草花，景阳宫树噪村鸦"。一片荒芜中的青溪小姑祠，还能吸引多少人的目光呢。此后南唐建都，整治青溪为城濠；北宋时期的极寒枯水，导致青溪大部湮灭；明初筑都城，隔断了青溪水源，城内的燕雀湖更被填平建造皇宫，"九曲青溪"只剩下娃娃桥经升平桥、四象桥至淮青桥的一段。清人钱谦益的"小姑溪水为邻并"，陈文述的"八流都塞尽，一曲见南朝"，就是这个意思。就连青溪与秦淮汇合处的淮青桥，也被人讹传成了"淮清桥"，恐怕只有文史专家才会记得它在南京水域曾经占有的重要地位。

从好处想，大约文人墨客也不愿意一个青春少女恶如厉鬼，还是希望她多一些人情味的吧。宋代词人张先在《长相思·粉艳明》的上阕，曾试图描画出青溪小姑的风神逸韵："粉艳明，秋水盈。柳样纤柔花样轻。笑前双靥生。"浓妆艳抹，光彩照人；眼如秋波，顾盼生情；腰如细柳，体态轻盈；未笑腮边现酒窝，完全是一副天真少女的形象。

吟咏青溪小姑的诗歌，最耐嚼味的一首，是李商隐的

《无题》：

> 重帏深下莫愁堂，卧后清宵细细长。
>
> 神女生涯原是梦，小姑居处本无郎。
>
> 风波不信菱枝弱，月露谁教桂叶香。
>
> 直道相思了无益，未妨惆怅是清狂。

李氏自注："古诗有'小姑无郎'之句。"所说古诗，当是《乐府·神弦歌》中的《青溪小姑》。

解说这首《无题》的人，多喜指其为李商隐自悲遭际，恐难免强作解人之讥。姑且不论此诗题旨，李氏所用之典，则分明是金陵故事。读他的咏史诗，就可以知道，他对金陵史事，不但十分关注，而且别有见地。"神女生涯元是梦，小姑居处本无郎"一联，明确地表示出他对于赵文韶的艳遇是不相信的。他甚至都懒得提起那个做梦的男人，而将一切关于青溪小姑"神女生涯"的传说都指为梦话。诗人宁愿"小姑居处本无郎"，那该是一种更为纯洁美好的审美具象。

元代《至正金陵新志》中有《青溪姑庙》一条，说庙址"在今府学东，与上水闸相近"，但随后便表示了疑问："荆公诗：'已无溪姑祠，何有江令宅。'今庙恐非故处。按此本溪神祠，后人传怪，至以为是。"这里透露的信息，一是北宋年间，青溪干涸，小姑庙也已毁圮；二是对关于青溪小姑的传说予以否定，以为那只不过是常见的水神庙而已。但书中同样引述了《舆地志》《异苑》中的故事；至于所引宋人曾慥《类说》中的赵文韶故事，其实就是《续齐谐记》中的那一则。白朴也曾说到"今遗构荒凉，庙貌亦不存矣"。

令人意外的是，明代的文人却好像没见有谁提到过青溪小姑。万历年间，南京的状元朱之蕃、焦竑，榜眼余梦麟，探花顾起元曾以青溪为题作诗唱和，四个人没有一个字涉及青溪小姑。晚明世风近于糜烂，南京又正处风流士子的活动中心，无数古代的美人被重新发掘出来，作为他们发挥想象力的载体，不知道为什么偏偏放过了近在咫尺的青溪小姑。

直至明清之交，久居金陵的余怀，在《咏怀古迹》中才写到《青溪栅》，诗前小序说："青溪即今珍珠桥河一带。吴赤乌四年凿东渠，名青溪，通北堑以泄玄武湖水，南接秦淮。卞壶与苏峻拒战于此。祠神曰青溪小姑。溪有七桥。隋平陈，斩张丽华于此栅下。"诗是一首七绝："青溪小姑亦不恶，年年香火江南乐。可怜陈朝张贵妃，不死胭脂死青溪。"

若说那时节青溪小姑祠的香火还挺旺，不免令人怀疑。

到了清初，余怀的公子余宾硕《金陵览古诗》中的那一首《青溪》，诗前小注中说到"西华门北有青溪小姑祠"时，不知是有意还是无意，竟已弄不清所祀的主角，竟说是"志谓隋戮张丽华于青溪中桥，后人哀之，即其地立祠，祠中塑二女郎，其一孔贵嫔也"。青溪中桥即今四象桥，也就是青溪栅的所在。但他随即又对自己的说法表示疑问："然在晋时，乐府已有《青溪小姑箜篌歌》。《异苑》云，青溪小姑，蒋子文第三妹也。"《青溪小姑箜篌歌》，也就是《续齐谐记》中青溪小姑弹箜篌所唱的那首"日暮风吹"，但并非晋时已有。沈德潜《古诗源》将其系于南朝宋，应是正确的。

曾经寄居秦淮水亭附近的吴敬梓，亦有诗咏青溪，也完全没有提到青溪小姑。

清嘉庆时人吴翌凤作《琴调相思引·青溪小姑祠》："流水涓涓汇碧溪，垂杨影里阖双扉。凌波归晚，苔色冷浸衣。弹断空侯留不住，中桥凉月夜迷离。碧桃花下，何处梦云飞。"写的还是青溪小姑的老故事，可见从青溪小姑身上，实在也难发掘出什么新意来了。而清人庄棫的《鹧鸪天·青溪》："九曲青溪一叶舟，山围潮打自风流。西园公子名无忌，南国佳人字莫愁。　　溪上住，水边讴，往时歌舞已都休。新来识得相思苦，说起相思不自由。"题目是青溪，文字已写到莫愁身上，实际上表达的全是自己的相思。这词中最好的两句，"西园公子名无忌，南国佳人字莫愁"，是从唐人韦庄《忆昔》诗中借来的。

清乾隆《江南通志》中，才出现了青溪小姑投水自尽的说法："青溪小姑沉水处，旧有祠，在金陵闸。相传汉秣陵尉蒋子文遇难，小姑挟二女投青溪死。明万历间改为节烈祠。小姑，蒋侯第三妹也。"

　　所谓"相传"，不知自何处传来。编者显然想为青溪小姑祠的存在，寻找一个合理的解释。中华民族的传统中，有以死于水者为水神的惯例，所以就决定了让这姑娘"沉水"；而令其自杀的最合理也最便当的理由，就是她哥哥的遇难。这甚至有了一点以身殉国难的"节烈"意味，立祠纪念就有了充足的根据。《江宁府志》也有类似的说法，说是蒋子文遇难后，"妹挟二女投溪中死。青溪小姑祠其来久矣"。只是，"小姑居处本无郎"，不知"二女"从何而来？大约因为祠中旧有三女像，要为另外两女像谋个身份。

　　至此，青溪小姑的身世才第一次被完整、合理地贯穿起来。这也可以让我们想到，中国的许多神话传说，是怎样逐渐被创造出来的。

　　然而合理未必就合法。清代道光年间，金鳌撰《金陵待徵录》时就说到青溪小姑祠的再度被禁毁："青溪小姑祠，周文璞诗序云，祀子文妹，而旁列二偶则叔宝宫人。或言有妖据之，郡守毁三像，犁其庙。善恶无别而废。按小姑与兄殉国难，宜并子文弟长水校尉子绪从祀蒋祠，不必立庙。今淮清桥小庙亦太湫隘，不足以妥贞魂。"

　　金鳌对青溪小姑祠的被禁毁是不满意的，其理由是"善恶无别"；在他的心目中，青溪小姑已经完全成了"殉国难"的"贞魂"，与青溪的关系已经无关紧要了。

　　青溪小姑形象的彻底异化，是在二十世纪的下半叶最后完成的。

其时南京非民间的民间文学工作者，要想保留青溪小姑的传说，就面临着更为困难的形势。他们必须重新安排青溪小姑与蒋子文的关系。试想，这老蒋没当官时"嗜酒好色"，就不是个玩意儿，当了封建统治阶级的爪牙后，拼命抓"贼"，更是对敢于反抗的革命人民残酷镇压。青溪小姑若不与哥哥划清界限，她与赵文韶的一夜情，就成了没落阶级腐朽生活的表现，没有丝毫美好可言了。于是有人煞费苦心，将青溪小姑改造成追求爱情而冲出封建家庭的叛逆者，又为赵文韶塑造出一个前世人物赵郎。青溪小姑因与赵郎相恋相爱，竟双双被蒋子文杀死，而蒋子文也死在了赵郎反抗的箭下。于是蒋子文被供进了蒋王庙，青溪小姑进了溪神祠。赵郎转世投胎成了赵文韶，若干年后从会稽来到金陵，与青溪小姑神重续前缘，可是又被蒋子文破坏，愤怒的赵文韶终于拉倒了蒋子文的神像。

能将青溪小姑的故事，"整理"得如此符合当年"革命斗争故事"的标准，这手段真是令人佩服。只是，青溪小姑一旦被奉献上这种祭坛，还有什么可言说的呢？

桃叶渡

　　桃叶渡，是与一个名叫桃叶的女人有关的渡口。

　　桃叶渡能成为秦淮河上"第一渡"，成为流传千古的金陵名胜，实在是一件大可骇怪的事情。因为传说中的女主人公，这位桃叶女士，没有留下任何可以追寻的痕迹。人们对她的全部了解，就是她身为王献之的小妾，曾经乘船渡过秦淮河。

　　如果说，青溪小姑还留下了几个后人杜撰的故事，桃叶连这样的故事都没有，连那么一点儿让人遐思做梦的隙地都不肯给。甚至连桃叶的乘船渡河，后人也是从王献之的《桃叶歌》里得知的；而王献之的传记中，则完全没有提到她。换句话说，王献之是不是有过这位名叫桃叶的小妾，王献之与桃叶是不是十分恩爱，桃叶是不是曾经往来于秦淮河上，桃叶渡河的地点是不是现在的桃叶渡，这一切的一切，完全取决于王献之的自诉，除此之外，别无他物。而王献之的成功，完全得益于中国人的崇名心理与从众心理。一千六百年来，才人骚客的思维，竟从未越出过王献之所提供的范畴。比如说，王献之从没有说过桃叶的身世，没有说过桃叶与他生命途程中的哪一段相关联，没有说过桃叶为什么要渡河而去，至今也就未见有人涉及这些问题——尽管吟咏桃叶渡的文字连篇累牍。

一句话说白了，人们寻访桃叶渡，只是因为前人寻访过桃叶渡；人们吟咏桃叶渡，只是因为前人吟咏过桃叶渡。"总传桃叶渡江时，只为王家一首诗。"唐人罗虬已经道破了这一点。"一犬吠影，百犬吠声"，用这成语来形容桃叶渡现象，或许有些刻薄，有些不恭，但实在没有比它更恰如其分的词语了。

桃叶渡，会不会是王献之先生和千古俗人雅士开的一个大玩笑？

广为流传的《桃叶歌》，是这样的一首："桃叶复桃叶，渡江不用楫。但渡无所苦，我自迎接汝。"最后一句，也作"我自来迎接"。

但《乐府诗集》中所收的《桃叶歌》另有三首：

桃叶映红花，无风自婀娜。春花映何限，感郎独采我。

桃叶复桃叶，桃叶（或作"树"）连桃根。相怜两乐事，独使我殷勤（或作"缠绵"）。

桃叶复桃叶，渡江不待橹。风波了无常，没命江南渡。

曾经有人以为，这四首诗歌中，一、三两首是王献之的口吻，而二、四两首则是桃叶的口吻，看上去有一种唱和的味道。不过历来习惯上仍将四首统归于王献之名下。也就是说，就算是桃叶的口吻，也是王献之模仿桃叶口吻而作。

《艺文类聚》中，在《王献之情人桃叶歌》后面，还收有《桃叶答王团扇歌》，共三首：

七宝画团扇，粲烂明月光。与郎却暄暑，相忆莫相忘。

青青林中竹，可作白团扇。动摇郎玉手，因风托方便。

　　团扇复向谁，待许自障面。憔悴无复理，羞
与郎相见。

　　不过对于这几首诗的著作权，历来看法不一。《乐府诗集》将前两首标为古辞，后一首归于梁武帝名下，文字略有差异；《初学记》中第一首的标题则是《王献之桃叶团扇歌》，意思也是王献之以桃叶名义所作的团扇歌。

　　这种事情旧时并不少。用女性的口吻作一首诗赠给自己，然后再以自己的本来身份相和，或者自己作一首诗赠某女性，再以女性的口吻赋诗作答，用这种方式表示自己与妻、妾，甚或情人、妓女、尼姑、女道士的感情，是中国文化人的一种特别的风雅作派。当然这与实际的感情状况可以完全无关，相唱和的女性甚至可以是虚构出来的，是"意淫"的对象。所以这种"情感派对"其实不过是一种文字游戏，明白内情的人也决计不会去当真。

　　所以《古今乐录》中《桃叶歌》的注文说，王献之对桃叶"缘于笃爱，所以歌之"，也不过是泛泛而言，其根据实则仍旧是那几首诗。说白了，"歌之"是因为相"笃爱"，而相"笃爱"又是因为曾"歌之"。

　　王献之一歌在前，历代吟咏不绝。

　　王泽弘眼中是桃叶渡之春："春来两岸桃花发，却似王郎打桨迎。"侯方域所见已是仲秋景色："桃叶秋潮上，长干明月中。"张耒关心桃叶的去向："楫迎桃叶家何处，桨送莫愁人已非。"龚鼎孳留意的是送渡之人："桃叶谁持桨渡江，垂杨曾系载花艭。"文廷式剖白自己的心意："不道天河能间阻，此心桃叶应知。"邬继思赞叹桃叶耐得风雨："桃叶迎渡头，桃花艳春晓。风雨落桃花，始知桃叶好。"余宾硕偏要顶真一句："试问近来桃叶渡，可能桃叶胜桃花？"周亮工一总作结："星河云影澹相连，桃叶依然旧渡边。"

　　贺铸《变竹枝》，写宋代桃叶渡见闻："莫把雕檀楫，江清如可涉。但闻歌竹枝，不见迎桃叶。"朱孟震《桃叶渡》诗，描绘出明代桃叶渡景象："桃叶渡前芳草迷，绿槐高柳暗东西。停舟日暮行人尽，流水一湾莺乱啼。"施闰章《桃叶渡》诗，咏清初桃叶渡情思："万事东流去，争传桃叶名。当年曾照影，终古尚含情。画舫停歌扇，悲笳动冶城。只留一片月，犹是六朝明。"宋琬《蝶恋花》词，写的是从桃叶渡到利涉桥的变化："一曲清淮围画阁，桃叶桃根，髻子新梳掠。不畏风波江上作，长篙自有王郎捉。　　谁向津头施略彴，高架虹梁，偃卧青龙角。寄语黄姑依样学，填河不复劳乌鹊。"周骨山又写出了木桥的改作石桥："板桥不比石桥坚，古渡长虹又焕然（自注：利涉新创石桥，丽甚）。今日真堪不用楫，为郎一试双行缠。"黄家骥一语道破真谛："杨柳千条万条绿，楼台一声两声箫。载得人来载人去，都是六朝去后潮。"

清代女诗人纪映淮别具只眼："清溪有桃叶，流水载佳人。名以王郎久，花犹古渡新。楫摇秦代月，枝带晋时春。莫谓供凭揽，因之可结邻。"男人们说来说去，只能远远地观望，纪小姐就敢于同桃叶结邻作伴，这可是女诗人特有的优势。"十五雏鬟太有情，从郎指点渡头名。艳他桃叶修何福，博得王郎打桨迎。"汤锦《竹枝词》中的这位小姑娘，更直接以桃叶的命运作为自己的理想了。

就连曹雪芹也没有错过桃叶渡，在《红楼梦》第五十一回中，曹先生借薛宝琴的名义，作了一首《桃叶渡怀古诗》："衰草闲花映浅池，桃枝桃叶总分离。六朝梁栋多如许，小照空悬壁上题。"这却是一个诗谜，谜底费人猜测，大观园里的众姐妹"猜了一回，皆不是的"。后来有人猜想是门神年画，与桃符一样逢新年必换，算是与桃字挂上了钩。不过儿时曾住南京的曹雪芹，咏"各省内古迹"的十首怀古诗中，就列入了桃叶渡，与王昭君的青冢、杨贵妃的马嵬坡、崔莺莺的蒲东寺、杜丽娘的梅花观并举，亦可见对其印象之深了。

墨客骚人如此心心念念于桃叶渡，固然因为王献之是史有定评的名士，但恐怕更重要的因素，则在于桃叶的身份是小妾。乾隆皇帝的《桃叶渡》诗就说得很清楚："渡口名因爱妾留，都夸子敬特风流。"

王献之的原配夫人是权贵郗县的女儿，后来两人离了婚。这件事是王献之终身的心病，直到临终忏悔时，还以为是一生中唯一的过错。不过这次离婚并不是为了爱妾桃叶的缘故，而是为了"尚新安公主"，也就是弃了糟糠妻去做驸马爷，颇有点像后世陈世美的行径。

如果桃叶实有其人，她的渡河而去，最合理的解释，就是与这位新安公主的存在有关。然而，对《桃叶歌》里一唱三叹的风波，好像从来没有人设想过会是人世的"风波"。不过，历史既然没有提供依据，我们也不宜在此妄作揣测。

触动中国历代文人神经的，显然也不是这一点，可以肯定，那是对于名人风流艳事的一种近乎窥阴私癖的爱好。他们也希望借助这样的一个载体，以便坦然地表露出自己对于妻妾成群的欣赏。所以，他们对于王献之的爱妾，竟至不一而足，利用《桃叶歌》中有歧义的语句，又扯进来一个桃根，宋人所撰的《六朝事迹编类》中，就记载了杨备的诗："桃叶桃根柳岸头，献之才调颇风流。"郑獬说得更直白："桃根桃叶俱殊色，且看相携渡水来。"苏洞竟情不自禁地想置身其间："桃根桃叶双姊妹，清风明月我三人。"

清初的两大诗人，"北王南朱"，王士祯的《秦淮杂诗》中有这样一首："桃叶桃根最有情，琅琊风调旧知名。即看渡口花空发，更有何人打桨迎。"曾经闹出个"风怀诗案"的朱彝尊，也有一首《秦淮舟中作》："闻道秦淮乐未阑，小长干接大长干。桃根桃叶无消息，肠断东风日暮寒。"周亮工的儿子周在浚在《桃叶渡》诗中也以桃根与桃叶并列："桃根桃叶画楼多，秋山秋水唤奈何。几曲小阑明月底，有人曾此别横波。"

张爱玲小时候在天津读儿歌，就有"桃枝桃叶作偏房"的句子，因为"似乎不大像儿童的口吻了"，所以反给她留下深刻印象，二十年后写进《流言·私语》中。

有人煞有介事地为这些诗歌作注释，说桃叶与桃根是姐妹俩，同为王献之的小妾，又曾同船过渡。这一说法也曾引起过质疑，但并非怀疑是否真有桃根其人，而是为桃根没有得到与桃叶相同的名分抱屈。清人陈文述《桃叶渡》诗中就提出："绿波春水易销魂，江草江花旧梦痕。一样婵娟同打桨，如何人不说桃根。"黄嗣塘诗《桃叶渡》亦有此意："花开姊妹总消魂，嫁得才人共一门。何事渡头遗古迹，只名桃叶不名根。"

这一系列的《桃叶歌》，造就了一个千古不朽的桃叶渡。

明代中期文伯仁绘《金陵十八景图册》，桃叶渡即居其一；万历年间南京籍的榜眼余梦麟选金陵名胜二十处，邀焦竑、朱之蕃前后两位状元公和探花顾起元赋诗唱和，其中也有桃叶渡；清初吴敬梓作《金陵景物图诗》二十三首，桃叶渡居第十三；此后的"金陵四十景""金陵四十八景"，自然更少不了"桃渡临流"这一胜迹了。

然而，桃叶渡是一个纯粹的"人文景观"。

　　"桃渡临流"四个字，足以给人留下广阔的想象空间。可惜这同样像是一种文字游戏。桃叶渡的遗址，邻近秦淮河与青溪的交汇处，在今天的淮青桥畔，离夫子庙不远的地方。有人指现在利涉桥的位置即当年的桃叶渡。那一带的自然景观，就是在秦淮河沿岸也实在算不得出色，无论设置什么样的标志，游人来到这里，都会产生茫茫然不知所措的感觉。

　　特别是《桃叶歌》中的"风波了无常"一句，更令人感到无从落实。南京城里，从东水关到西水关这"十里珠帘"的内秦淮河，明、清以来已成为脂香粉腻的"销金锅儿"。秦淮河的水面上，一向是画舫游艇的乐园，怎么也不能让人与"风波"二字相联系。

　　风急波涌的桃叶渡口也是存在的。《隋书·五行志》中有这样一段记载，说南朝陈时，江南盛歌王献之的《桃叶歌》，也就是前述流传最广的那一首。后隋晋王杨广伐陈，置营长江北岸六合县境内的桃叶山下，及至韩擒虎渡江，南朝陈降将任忠至新林为北军做向导，北军乘南朝船只渡江，正应了歌词中的"但渡无所苦，我自迎接汝"。在南朝末年传为童谣的，当然不止于一首《桃叶歌》，只是因为它恰巧有可被附会的地方，所以撰《隋书》的魏徵先生才特别提出它来，作为天人感应的证据。后世遂有人认为，桃叶渡应该在韩擒虎渡江处，才与《桃叶歌》中的描绘相符。清代嘉庆年间吕燕昭重修《江宁府志》，竟指桃叶渡在六合桃叶山下。

桃叶山下的渡口自然可以称桃叶渡，但王献之的桃叶渡，肯定是在秦淮河上。吕燕昭犯此错误，是因为他不了解秦淮河的历史变迁。

六朝时的秦淮河，确曾是一条波涛汹涌、风波无常的大河。

《桃叶歌》中，一再写到"渡江"，就是因为水面宽阔的秦淮河，当时常被人称为"小江"。如《三国志·张纮传》裴松之注中，引用了《献帝春秋》的一段文字："刘备至京，谓孙权曰：'吴去此数百里，即有警急，赴救为难。将军无意屯京乎？'权曰：'秣陵有小江百余里，可以安大船。吾方理水军，当移居之。'"这长达百余里、可以通航大船的小江，指的便是秦淮河。相对于习称大江的长江，它自然只能算小江。"渡江不用楫""渡江不待橹"的意思，是说江上风急，无须用（或无从用）楫、橹，巧用帆樯借助风力便可渡过。

东晋时的秦淮河究竟有多宽，也是有据可考的。唐许嵩《建康实录》卷七记载，咸康二年（336）"冬十月，更作朱雀门，新立朱雀浮航"，重造秦淮河上的朱雀桥，注文说："用杜预河桥法作之，长九十步，广六丈，冬、夏随水高下。"杜预是西晋军事家，他的"河桥法"是"造舟为梁"，也就是以船搭成浮桥，"随水高下"也说得很清楚。浮桥的长度，即相当于河面的宽度。晋代一尺合今二十四点五厘米，一步六尺，九十步约合今一百三十二米。这还是"冬十月"枯水季节的宽度，春、夏水涨之际，肯定会宽于此。按照常理，造桥总是选择河面相对较窄的地方，所以别处的河面很可能更宽。而六朝秦淮河面宽逾百米，也已被近年的考古发现所证实。直到北宋年间，全球性的极寒枯水，导致了秦淮河水面大幅收窄。

六朝时长江入海口离南京不远，台风海啸，海水沿长江倒灌，常使秦淮河泛滥成灾。就连东吴的皇宫，也还不能完全避免水灾的威胁。《建康实录》卷二记载，东吴太元元年（251），"八月朔，大风，江海溢，平地水一丈。右将军吕据取大船以备宫内，帝闻之喜"。平地水深一丈，建业宫城也被洪水围困，孙权得知有船来救援，十分高兴。《景定建康志》卷四十二《灾祥》中记载六朝大水、涛水共十次。由此可知，桃叶渡出现波涛风浪，翻船溺人，并不奇怪，桃叶才会有"风波了无常，没命江南渡"的感叹。

"古渡相传覆柳荫，淮流西下水无心。六朝多少销沉事，桃叶桃根说到今。"钱露在他的《秦淮竹枝词》中，对于桃叶渡在六朝史事中的得天独厚，提出了疑问。

长期居留青溪秦淮水亭附近的吴敬梓，写过这样一首《桃叶渡》诗："花霏白板桥，昔人送归妾。水照倾城面，柳舒含笑靥。邀笛久沉埋，麈扇空浩劫。世间重美人，古渡存桃叶。"邀笛步，王献之的哥哥王徽之曾在这里邀桓伊吹笛；麾扇渡，东晋永嘉元年（307），顾荣麾白羽扇大败叛将陈敏的地方。这两个与著名士人有关、属于大风雅的名迹，都无迹可寻了，只有桃叶渡还被人纪念着的原因，被他一语道破——"世间重美人"。

确实，在六朝人物中，王献之并不是最杰出的，也不是最重要的。读《建康实录》中的王献之传，对于他的赞誉，什么"少有盛名，而高迈不羁"，什么"吉人之辞寡"，什么"风流为一时之冠"，都是让人不得要领的含混之辞。虽然时有"王与马，共天下"的说法，王家子弟到了献之这一辈，已难敌崛起的谢氏。王献之的哥哥王凝之就很被妻子谢道韫看不起，王献之也曾在与客谈议时词穷而由谢道韫"步障解围"。"大江东去，浪淘尽，千古风流人物"，偏偏王献之如中流砥柱，屹立于桃叶渡一泓碧水间。究其原因，一半在于他的父亲，书圣王羲之，是中国书法史上里程碑式的人物，"王家书法谢家诗"，王氏一族中善书者不下十人，献之尤佳，与父亲合称"二王"。而以《伯远帖》与王羲之、王献之并称"三希"的王珣，文治武功都远胜于王献之，世俗声名却远不及王献之。这不能不说王献之得益于有一位桃叶、有一首《桃叶歌》了。

人们最熟悉的王献之故事，也就是曾经被选入小学生课本的"只有这一点像"。王献之虽然与父亲并称"二王"，他在书法上的造诣，《建康实录》里倒说得比较明白："论者以羲之草、隶，江左、中朝莫有及者；献之书，骨力远不及父，而颇有媚趣。"

"媚趣"一语，算是说到了王献之的痒处。

王献之的《桃叶歌》，或者也包括那几首《团扇歌》，都不无媚俗之意。如果借用今天的语言来表述，王献之是实施了一次堪称典范的绯闻炒作。

若干年来，频见国内演艺界明星以绯闻博大名、换票房，文学界亦有一批自以为某些器官够作本钱者，不惜涉足其间。这些人如果想发掘一下"光荣传统"，是很可以追溯到王献之这里来的。借助于王先生的成功经验，或许可以让他们的作秀不至于如过眼烟云，瞬间即逝。

有趣的是，到了二十世纪末，南京某"有关部门"忽发奇想，在桃叶渡旧址附近建起了一个俗不可耐的路边园，美其名曰"吴敬梓秦淮水亭"，将桃叶渡亦括入其间，合全不相干的两处景观，造成为一处"新景"，似乎要让相隔千年的两位古人，再"潇洒走一回"。此举虽似得王献之的真传，却被人无情地讥为"电视速配"。幸而后继的领导拨乱反正，重整了桃叶渡景点，将秦淮水亭迁回原址另建。

胭脂井

六朝时期的金陵女儿，并非都像莫愁女那样幸运，一经帝王品题，便能流芳百代。另一位也曾蒙帝王恩宠的女性，就上演了一出千古悲剧。

她就是传说中腮边胭脂染红了景阳井石栏的张丽华。

陈后主的贵妃张丽华，是我们所说到的第一位正史有传的金陵女儿。

南北朝对峙一百七十年，北方是"五胡十六国"，中原经济、文化遭受严重摧残，南方是宋、齐、梁、陈禅让相衔，相对安定与繁荣，成为中华文明存亡续绝的重要一环。然而，临到后主陈叔宝，金陵的王气、南朝的天下，都已经走到了尾声。

　　陈叔宝一登台，就面临着你死我活的宫廷内乱，而张丽华非同寻常的魄力与地位，在此时已显示出来。

　　太建十四年（582），陈宣帝驾崩，本当太子陈叔宝即位。可是宣帝的次子始兴王陈叔陵，素性强梁横暴，不能甘居人下，遂与堂兄弟伯固共谋不轨。宣帝病重时，叔宝和众兄弟都在宫中侍疾。叔陵已经在盘算着怎样动手，他见宫内只有典药史手中的切药刀，可以作为武器，于是故意说切药刀太钝了，命令典药史去磨快些。眼看宣帝就要断气的档口，叔陵又吩咐身边的随从去取剑。随从哪里领会他的意思，取来的是上朝时作为礼仪用具的木佩剑，气得叔陵大发雷霆。这就引起了四弟叔坚的警觉，叔坚也是个狡黠凶虐的人，他不动声色，暗中盯住了二哥。

　　第二天入殓之际，叔宝率弟兄们伏地哀哭尽礼，叔陵却暗中取了切药刀，凑近前去，一刀斩在大哥的后颈上。叔宝顿时栽倒在地。幸亏叔宝的生母宣帝柳皇后与乳母吴媪抢上前去护住了叔宝，叔陵又挥刀砍向柳皇后。这时乳母吴媪从后面抱住了叔陵的胳膊，叔宝乘机挣扎着爬起来。叔坚抢上来夺下了叔陵手中的刀，拉着他的长衣袖绕在柱子上，暂时困住了叔陵。叔坚不敢随便杀叔陵，要向叔宝请示处置叔陵的办法，可这当儿吴媪已扶着叔宝避开了。叔陵也就乘乱脱身，逃出了宫中，与伯固一起聚众反叛。叔坚和柳皇后假借叔宝的旨意调兵击败叛军，叔陵和伯固都被杀。

此时，受伤的陈叔宝，正躺在承香殿中养伤。切药刀毕竟不是利器，他受伤并不重。然而，当亲兄弟出刀相斩之际，还有谁是能够信得过的人呢？陈叔宝首先想到的肯定就是张丽华。这就给了张丽华一个脱颖而出的绝好机会。无论陈叔宝是不是自觉地意识到了这一点，张丽华却成功地造就了这样一个事实，就是只有她一个人守在承香殿陪侍陈叔宝，姑不论各位嫔妃，就连沈皇后都进不了承香殿。这表面上不是一个争宠的问题，保证皇帝的安全是一个冠冕堂皇的理由。然而当时有皇后在，有太后在，有众多嫔妃在，在中国这种强调"名正言顺"的国度里，即使有皇帝的旨意，连贵妃都还不是的张丽华，能做到封锁承香殿，也是很不简单的事。敢于并且善于充分利用机遇的张丽华，成功地借此确立起自己与众不同的特殊地位。果然，陈叔宝一正式即位，就封张丽华为贵妃，使她成了仅次于皇后的后宫领袖。

平民的女儿张丽华，实际上已经战胜了贵族出身的沈皇后。

史书上都说张丽华是"兵家女"，也就是士兵的女儿，家里十分贫穷，父兄都以织席为业。张丽华被选入宫时，只有十岁，在太子陈叔宝的龚良娣身边做侍儿。大约在太建六年（574），陈叔宝注意到了她。出身贫寒、身居侍婢的张丽华知情识趣，很会讨皇帝的欢喜，她的肚子又很争气，很快为陈叔宝生了个儿子，就是以后被立为太子的陈深。

　　深受后主宠爱的张丽华，大约并不是一个相貌出众的靓女，所以各种史籍中对她的描绘，突出的只有头发和气质。《南史》中说，张贵妃"发长七尺，发黑如漆，其光可鉴"，此外就是"特聪慧，有神彩，进止闲华，容色端丽"了。中国的史官是善于玩弄文字的，他们说张丽华"每瞻视眄睐，光彩溢目，照映左右。尝于阁上靓妆，临于轩槛，宫中遥望，飘若神仙"，这些看似赞扬的语言，翻译出来，就是两个字："狐媚"。只要与他们对沈皇后雍容端静的描写一对照，那意思就很清楚了。

　　《烟花记》中也有一个张丽华像神仙的故事，说是陈后主在光昭殿后为张丽华造"桂宫"，宫门是圆形的月洞门，以水晶为门扇，后墙设素粉屏风。庭院中空无他物，唯植一株桂树，树下放置着捣药的杵臼，并且还让张丽华驯养了一只白兔。这完全就是神话中月宫的布置。"月宫"中的张丽华穿一身素白衣裳，梳凌云髻，插白通草发簪，着玉华飞头履，飘然独步。在这一片素白之间，张丽华的美发一定格外光彩照人。后主每每进入这"月宫"宴乐，就直呼张丽华为"张嫦娥"。这虽然是"小说家言"，但看起来并不算太离奇，恐未必全无根据。

　　张丽华的"特聪慧"，至少表现在两个方面。一是"才辩强记，善候人主颜色"；二是懂得笼络人心，"后主每引贵妃与宾客宴游，贵妃荐诸宫女参加，后宫等咸德之，竞言贵妃之善"。上下两头的关系都能处理得好，张贵妃的"爱倾后宫"也就不奇怪了。

各种史书上都说陈后主是个怠于政事的皇帝，平时不肯上朝，百官启奏，都由宦官蔡脱儿、李善度转达。后主斜倚着丝棉靠枕，把张贵妃揽在膝上，一块儿处理。有时候事情多，后主搅混淆了，张贵妃便一一为他条理清楚，毫无错漏。其实那时后主的年纪并不大，他三十岁登基，做了七年皇帝，亡国时也不过才三十七岁，看他所作的诗歌，也不会是个蠢笨的人。他的糊涂于国事，实在是心思没有用在上面。而张丽华恰恰要利用这个机会在后主面前显示才能、巩固地位，当然会一条条记得清楚。

同时，因为张丽华能善待人，宫里的人听到外面的新闻故事，都会对她说起。她也就留了个心眼，凡与国事有关的，就及时报告后主。《陈书》中也承认，"人间有一言一事，贵妃必先知之，并以告后主"。后主更以为有张贵妃共理朝政，于国事大有神益。张丽华自然也就倍受宠幸，"冠绝后庭"。

只是史官们并不认为这是好事，所以在后面加了张丽华两条罪状。一条说张丽华"好魇魅之术"，用装神弄鬼迷惑后主，并且在宫中设置"淫祠"，也就是为不应当祭祀的人物立祠，以便聚合"妖巫"入宫活动，利用这一渠道"参访外事"。而按照中国的传统，后妃不得干预国政，更何况以"魇魅之术"惑主，这一条就是冒天下之大不韪。另一条则说，有宫内妃嫔的家属，不遵守国家法令，直至触犯刑律，但只要哀求张贵妃，贵妃就会代为谋划，令李善度、蔡脱儿先启奏其事，她则在旁伺机为之开脱。反过来，朝内大臣有不与她们同流合污的，张丽华也用这个办法进行诬蔑陷害。因为后主对张丽华言听计从，结果张贵妃、孔贵嫔的势力炙手可热，熏灼四方，内外宗族都愿为她所用，朝中大臣执政也望风披靡。阉臣佞徒内外勾结，贿赂公行，纵横不法，以致朝廷赏罚无章，纲纪瞀乱。

换句话说，张丽华参理朝政这件事，陈后主以为于君有利，而史官则以为于国有害，无论是外臣还是内戚的过恶，都要由张丽华来负责任。

陈后主在至德二年（584），也就是他登基的第二年，就于光昭殿前建造临春、结绮、望仙三阁，阁高数十丈，连延数十间。其窗门壁牖栏槛，用的都是沉檀木，饰以金玉，间以珠翠。门窗垂着珠帘，阁内有宝床、宝帐以及各种器具珍玩，瑰奇华丽，古今所未有。"每微风暂至，香闻数里；朝日初照，光映后庭"。阁下则积石为山，引水为池，杂植奇花异卉。后主自居临春阁，张贵妃居结绮阁，龚、孔二贵嫔居望仙阁，阁与阁之间有复道交相往来。此外又有王、李二美人，张、薛二淑媛，以及袁昭仪、何婕妤、江修容等七人，都为后主所宠爱，能够时常进阁游宴。后主又在宫人中选择有文学才能的袁大舍等封为"女学士"，让她们来凑热闹，更将那宫廷游宴活动办得有声有色。

当时的权臣江总，也是一个被千古唾骂的角色。他身为尚书令，位居宰辅，同样不理政务，每天与陈暄、孔范、王瑗等文士十余人，陪侍后主饮宴游乐。后庭宴乐之中，竟至全无内外之别、尊卑之序，所以当时的人就将他们叫作"狎客"。

后主和张丽华每次召集宾客参加游宴活动，都让各位妃嫔、女学士与"狎客"们共赋新诗，互相赠答。《南史·后主纪》载：陈后主君臣宴会，先命张丽华等八妃嫔"襞彩笺制五言诗"，这可能是诗笺见于正史的最早记载。然后选取其中最香艳冶丽的，作为歌词，谱上新曲调，再挑选容貌姣好的宫女，成百上千，令其练习而歌之，分部合唱、重唱，作为娱乐。据说陈后主创作了黄骊留、玉树后庭花、金钗两鬓垂、临春乐等乐曲。而那些冶艳的歌词，主要的意思，就是赞美张贵妃、孔贵嫔的容貌，如"璧月夜夜满，琼树朝朝新"之类。这两句诗也就成为典故，唐代李商隐《南朝》诗中，便有"谁言琼树朝朝见，不及金莲步步来"的警句。

不过这两句诗并不是出自陈后主所作的《玉树后庭花》。说不清有多少人在史籍诗文中提到过《玉树后庭花》，但很少有人引出全诗，使读者总以为那首诗是如何的不堪。其实它未必比《玉台新咏》中的其他作品更香艳：

丽宇芳林对高阁，新妆艳质本倾城。

映户凝娇乍不进，出帷含态笑相迎。

妖姬脸似花含露，玉树流光照后庭。

陈朝的君臣经常在官中聚会酣饮，甚至通宵达旦，确是事实。现在流传下来的陈后主诗，江总诗，至少有一半是宴饮唱和诗。

但是换一个角度看，史传中指责陈后主"荒淫"，也很难说是平心之论，说他"荒唐"可能更恰如其分。作为一个皇帝，他没有尽到责任，是一个昏庸的皇帝。然而在对待女性的态度上，他则并非像通常君王所做的那样只是作为泄欲工具，而是将她们的地位提高，成为一种有资格与男性大臣公开交往的"诗友"或游伴。如果找现成的比喻，我觉得陈后主很有点像《红楼梦》中的贾宝玉。以他的经历与性情，如果不做皇帝，而是生在富贵之家，分明就是又一个贾宝玉。贾宝玉如果做了皇帝呢，想必也会是另一个陈后主。

这样的人做了君王，自然更希望能得到别人美好的评价。只是这"美好"的标准，对于普通人和对于皇帝来说，是大不相同的，好人和好皇帝，甚至可以说是两不相容的。陈叔宝最多只能做一个"好人"，而肯定不可能做一个好皇帝。他只想依着他的愿望生活，生活在他所能接受的圈子里。用他自己的话说，他希望做一个"无愁天子"。

这也成为后世文人讥刺他的重要口实。元人白朴有一首
《夺锦标》曲："霜水明秋，霞天送晚，画出江南江北。满目
山围故国，三阁余香，六朝陈迹。有庭花遗谱，惨哀音、令
人嗟惜。想当时天子无愁，自古佳人难得。惆怅龙沉宫井，
石上啼痕，犹点胭脂红湿。去去天荒地老，流水无情，落花
狼籍。恨青溪留在，渺重城，烟波空碧。对西风谁与招魂，
梦里行云消息。"将南朝的落花流水，归结在"天子无愁"
和"佳人难得"上，可以说是千年来有代表性的口吻。清人
李汝章的态度要公允一些，他在《踏莎行·青溪张丽华祠》
中写道："铁锁横江，琼枝歌阕，繁华王气同消歇。无愁帝
子不归来，宫花落尽胭脂色。争似芳魂，还依故国，灵旗潜
下青溪侧。风声吹树总为云，婵娟冷挂南朝月。"对于陈后
主尤其是张丽华寄予了相当程度的同情。

陈后主未必认识到自己是一个不称职的皇帝，他很可
能以为像他这样做皇帝，就是最佳状态。他绝不是那种清醒
的暴君，明知自己的所作所为将遗臭万年而毫无顾忌。所以
他特别容不得别人指出他的过失，做了错事，必定要巧为文
饰。群臣中敢于进谏的人，总是被他加个罪名，贬得远远的，
"眼不见为净"。当然也有闹僵了的，比如傅缒，上书指斥陈
叔宝荒淫，"恐东南王气自斯而尽"，可谓字字痛切。陈叔
宝的面子上实在过不去了，他的对策也简单得完全不像一个
政治家，就是杀了上书人。

杀了上书人，并不等于就能封住天下人的嘴。当时民间纷纷传说，江南妖异怪事丛出。陈后主自己也曾梦见黄衣人围城，有血沾阶，至卧床头而火起，很有"后院起火"的征兆。又梦见有狐入床下，赶紧召人来捕，却又踪影全无。后主厌恶且恐惧，但他的对策同样很简单，就是将自己卖给佛寺为奴，以此作为魇镇。这办法是否灵验不得而知，但中国民间深信不疑，直到一千几百年后，汪曾祺先生的小说中还写到这现象。由此也可想见，相信魇魅之事的未必只是张丽华，肯定还有陈后主，宫中的建造淫祠，聚合妖巫，也未必是出于张丽华的主意。

陈后主的沈皇后，名婺华，出身豪门，是陈朝开国皇帝武帝的外孙女，算起来是陈叔宝未出五服的表姊妹，真正的门当户对。太建三年（571）陈叔宝为太子时纳沈婺华为妃，即皇帝位后即立沈妃为皇后。

这位沈婺华女士，肯定是被有意识地作为皇后候选人培养的，她自幼就会扮演淑女，大约成婚后也常常摆出这副淑女的面孔给陈叔宝看，这就使生性浪漫的陈叔宝很不满意。大约夫妻间也只维持着一个形式，连过场都不走的，所以沈皇后一直没有生育子女。

《陈书》中说沈皇后"性端静，寡嗜欲，聪敏强记，涉猎经史，工书翰"。然而身为"一人之下，万人之上"的国母，却学着寒酸秀才的模样清心寡欲，攻书练字，恐怕也未必是她的本心。实则因为"后主遇后既薄，而张贵妃宠倾后宫，后宫之政并归之"，大权旁落到别人手中去了。寻常人家的姑娘，在婆家受了委屈，还可以回娘家诉苦，然而这做皇后的，在旁人眼中已是尊荣至极，皇帝不来宠幸，偏又是说不出口的苦楚。况且她就算有地方诉说，又有谁敢来寻皇帝的不是？徒然丢自己的脸面而已。沈皇后既是聪明人，自然不会做那种蠢事，所以只好摆出一副淡然超脱、心甘情愿"让贤"的姿态，"澹然未尝有所忌怨，而居处俭约，衣服无锦绣之饰，左右近侍才留五人，惟寻阅图史诵佛经为事"，不得不在寒卷青灯间消磨青春年华了。

后出的《南史》说沈皇后曾经"数上书谏争，后主将废之而立张贵妃，会国亡不果"。这一条可谓一箭双雕，既抬高了沈皇后，又贬低了张丽华。只是这态度与沈皇后一贯的作风并不相符。不能不怀疑，这一条实是自作聪明的后代史家，为了塑造陈后主的昏庸形象而虚构出来的。将那样一个符合封建正统标准的皇后废掉，换上张丽华这样的妖姬，自然是一种罪名。其实陈后主真要换这个皇后，就没有什么来不及，至少不会比换太子更困难。他身边的权臣，都是张丽华的"诗友"和"游伴"，大家相处得十分融洽，而与沈皇后，这些人可说没有联系，即使排除皇帝的因素，让他们自行选择，他们也是一定会投张丽华一票的。

后主即位之初，立长子陈胤为太子。那时候张丽华虽已生了儿子陈深，但她的力量还不足以影响到国家立储这样的大计。陈胤是孙姬所生，孙姬难产而死，陈胤被沈皇后收为养子，这就注定了他这个接班人难以善终。随着沈皇后的日渐被疏远，张丽华的倍受宠幸，后主便决意改立陈深为太子。后主装模作样地去让臣下讨论，吏部尚书蔡徵马上顺着后主的意思，极力赞成改立陈深。仆射袁宪不敢直接反对后主，便厉声斥责蔡徵："皇太子是国家的储君，亿万人心所向，你是什么东西，竟敢轻言废立。"然而后主还是"听从"了蔡徵的意见。祯明二年（588）六月，也就是距陈亡只有半年的时候，后主废太子陈胤为吴兴王，改立张贵妃之子、始安王陈深为太子。

《平陈录》中说，后主宠张丽华，经常半年不见沈皇后一面，偶然去沈皇后住处，才进门就要走。沈皇后也不作声。后主故意问沈皇后，为什么不挽留他，且赠诗戏弄她："留人不留人，不留人也去。此处不留人，自有留人处。"这诗的后两句常常被人引用，只是知道出处在这里的恐怕不多。

据说沈皇后也有答诗，道："谁言不相忆，见罢倒成羞。情知不肯住，教我若为留。"倒也颇符合她的身份。张丽华虽也被称为聪慧，好像并没有作品传世。不过沈皇后的这首诗，著作权也有疑问，有人考证说是唐人伪托的。

隋灭陈后，张丽华被杀，沈皇后则随陈后主一起做了俘虏。在南朝的最后时日里，沈皇后演出的是一出悲剧，可是入了隋朝，这悲剧却意外地得了一个闹剧的结尾。《南史》中说，隋炀帝外出巡幸时，常常召沈氏随行。陈后主是一个泛爱者，而隋炀帝是一个泛性者，至少在小说中是这样。沈皇后能使陈后主因不快而疏远她，却又能使隋炀帝不舍她，看起来是很矛盾的。其实说破了，也不奇怪。这个女人是在中国最上层的礼教背景下成长起来的，她的表现说到底都没有违背礼教传统。在陈后主面前，她不肯随和，不能"与民同乐"，因为她是皇后，要"母仪后宫"以至"母仪天下"；在隋炀帝面前，她已是俘虏，倘若自觉，就干脆是奴隶，让主子满意是她的义务，这同样是礼教的要求。尽管表演的角色发生了天翻地覆的逆转，但在遵循礼教精神这点上则是统一的。

后主祯明二年，也就是他登基的第六年，早做好充分准备的隋军八路齐发，五十余万大军压境，同时公布陈后主的二十大恶行，诏写三十万份散发。隋军一路势如破竹，沿江防守的陈军急忙上奏告警，都被当政的施文庆、沈客卿压住了，不让后主知道具体的军情。江北隋军准备渡江之际，江南小朝廷却正在筹备"元会"，也就是第二年元旦的群臣朝会活动。为了向本国的臣民显示威仪，后主特将沿江的防卫船舰全部召回都城，江中没有留下一艘战船。

在得知隋军已经打到了长江北岸后，陈后主仍丝毫不以为意，豪气十足地说："王气在此。齐兵三来，周人再至，皆并摧没，今来者必自散。"既有冥冥中的"王气"护佑，也有现实中的历史经验，北军再来，也一定自取其败。

皇帝如此，大臣也不示弱。佞臣孔范自命为文武全才，满朝文武官员，没有一个能比得上他的。他常在后主面前说："外间诸将，起自行伍，只有匹夫之勇。深谋远虑的国家大计，哪里是他们能够知道的。"这孔范与孔贵嫔本非同族，因见孔贵嫔深受后主宠爱，于是与她结为兄妹，后主对他遂更是言听计从。朝廷公卿都畏惧他。陈后主曾向施文庆问起孔范的才能，施文庆也怕孔范，就顺着孔范的口气胡说。后主更加相信孔范，不断削减其他军事将领的权力，而扩大孔范的军事指挥权。

眼看隋军压境，渡江在即，孔范却口出大言："长江天堑，虏军难道能飞渡么？不过是守边的将领想建功立业，故意把军情说得很紧急罢了。我常常不满意于自己的官小，就是没有建立战功的机会，如果早有敌军渡江，我一定已经是太尉了。"

有人谎报军情，说北军的马都死掉了，孔范不满意地说："这都是我的马，怎么能随随便便就死掉了。"意思是说敌军的战马很快就会成为他的战利品。后主听了竟信以为真，完全不做战事准备。君臣照样每日游宴、纵酒、赋诗。有的史家说孔范是以才能自负，实则孔范哪里有什么可以自负的才能，不过大言以欺人而已。

第二年正月，陈国还在忙于"元会"，隋将贺若弼已自广陵渡江到了京口，韩擒虎也在采石南渡。采石守将急报金陵，后主这才慌忙调兵遣将，却又轻信孔范之言，应对失策。数日之间，韩擒虎已在陈朝降将任忠的引导下，进入台城皇宫。

战不能战、走不能走的陈后主，不顾大臣反对，领着张丽华、孔贵嫔藏进了景阳宫中的一口井，也就是后人所说的胭脂井，当晚即被隋军发现，三人一块儿做了俘虏。"天子龙沉景阳井，谁歌玉树后庭花。"李白《金陵歌》中的这两句，说的就是这段史实。据说张丽华腮边的胭脂擦到了石井栏上，此后用白绢就能从石井栏上擦下胭脂红来。

胭脂井从此成了千古文人墨客不解的情结。

杨备有诗："倾城倾国两妃嫔，此地闻名不见人。潜想旧时红粉面，落花风里步香尘。"

刘岩的《桃叶歌》，实际上说的是陈朝故事："桃叶复桃根，憔悴新林浦。艇子过江来，迎接韩擒虎。试问渡头人，何如井中苦。胭脂色未销，尚学桃花吐。寄语蔡容华，杨花乱无主。""渡头人"，指传说在桃叶渡头被杀的张丽华。

李尧栋《莫愁湖棹歌》中也有咏及此者："璧月庭花唱寂寥，景阳宫井已香消。烟波不管倾城恨，长与青山送六朝。""璧月"和"庭花"，都是陈朝的艳歌。

直到当代，还有张友鸾先生，就这题目作出一部长篇小说来。

唐朝以善谏著称的魏徵评价说，后主生于深宫之中，长于妇人之手，"既属邦国殄瘁，不知稼穑艰难，初惧陷危，屡有哀矜之诏，后稍安集，复扇淫侈之风，宾礼诸公，唯寄情于文酒，昵近群小，皆委之以衡轴。谋谟所及，遂无骨鲠之臣，权要所在，莫匪侵渔之吏。政刑日紊，尸素盈朝，耽荒为长夜之饮，嬖宠同艳妻之孽。危亡弗恤，上下相蒙，众叛亲离，临机不悟"，结果在大敌当前之际，只剩下自投于井一条路了。

陈朝灭亡，被隋军抓住后又处死的陈朝要人，只有两个女人，张贵妃与孔贵嫔。

张丽华的死，并不是因为她在陈朝犯下了什么不可饶恕的弥天大罪，而是有人担心她会成为隋王朝的新宠。孔贵嫔实际上是张贵妃的陪葬品。

《隋书·高颎传》中说，隋晋王杨广率师平陈，韩擒虎在景阳井中擒获了陈后主和张丽华、孔贵嫔，"晋王欲纳陈主宠姬张丽华，颎曰，武王灭殷，戮妲己，今平陈国，不宜取丽华。乃命斩之。王甚不悦"。

高颎是隋朝有名的"正人君子"。

这位晋王杨广，就是后来的隋炀帝。他的这一"欲"，对于战胜国的将领，并不是什么稀罕事。破陈战役中立下首功的韩擒虎，就因"放纵士卒，淫汙陈宫"事后遭到弹劾。

直到二十世纪的阿Q公，"革命"尚未成功，就已经在盘点未庄女人的好丑了。

杨广爱的是美人，高颎爱的是美名。高颎让杨广大不痛快了一回，因此也埋下了自己身败名裂的祸根。隋炀帝其人其事，是非自有公论。但高先生引经据典的一番话，实际上是将亡殷之责，归于妲己，将亡陈之责，归于张丽华。

这是对于张丽华的"盖棺定论"，左右舆论一千年，或许还将继续左右下去。

当然也不是没有人唱反调。清代南京诗人丁峻飞就这样评价高氏此举："朱雀门前战鼓挝，催残玉树后庭花。高公枉自持师律，不斩蛮奴斩丽华。"

蛮奴，就是叛陈后引韩擒虎入景阳宫的任忠。

可以为此作注脚的是，隋文帝后来常常对群臣说："我常恨初平陈日，不先斩任蛮奴，以惩不忠。"

清人沙张白在《秦淮竹枝词》中，也表示了相同的意思："擒虎精兵踏晚潮，迎春阁上沸笙箫。丽华岂便能亡国，孙策官中有大乔。"

六朝时期第一个在南京建都的政权是东吴，而东吴的真正创立者是孙策。孙策的夫人大乔是江东著名的美女，这并没有影响孙策的成功。

陈文述《秣陵集》中，亦为张丽华鸣不平，以为"丽华虽擅宠后宫，实后主耽于声色，有以致之"。在清代中期，诗人能够清醒地指出，所谓的妃嫔乱国，都是君主所致，也算不容易的了。他还强调，隋军南渡，后主不肯死，一时文武重臣如江总、孔范、鲁广达、萧摩诃、樊毅、任忠诸人皆未死，"而贵妃身蹈胥井，与绿珠坠楼何异，继死青溪，并无乞怜免死之语，不谓之为国捐躯不可也"。张丽华的死，是可以视为以身殉国的，不管是殉得值还是殉得不值。

张丽华被杀的时候，南京还是冬季，但不久，就像诗人所预言的那样，春天就来到了。不知道那一年青溪的杨柳，会不会因为张丽华的血的滋润，叶更肥，色更青。

张丽华被杀的地点，有说桃叶渡头的，有说青溪桥的，有说青溪中桥的。青溪上有名的桥至少有七座，而后者就是今天淮青桥西北的四象桥。传说中的青溪小姑祠就在那附近。民国年间夏仁虎撰《秦淮志》称：青溪小姑祠中"复有二女像，俗传炀帝平陈，斩张丽华、孔贵嫔于青溪栅口。土人哀之，为附祀于小姑祠"。

"土人哀之"，代表了南京人对张丽华的一种态度。这与南京人对统治阶层一贯的疏离情绪是相符合的。青溪小姑祠原在青溪埭口，后移至桃叶渡北金陵闸旁，始终保持着三人同祀的格局，直到晚清被毁，还有人大为不满。

张丽华墓，传说在赏心亭天井中。明正德《江宁县志》郑重其事地记载了这样的掌故："张丽华墓，在赏心亭天井中，间有光气如匹练，掬之如水银流散，盖地中有所藏云。""地有所藏"，通常是指藏有珍宝，美人遗骨，大约也可以视为至宝的。同书中并记载了一个故事，"蜀羽士李若虚，七月望夕，遥见一妇人，缟素绰约，行吟于月下。若虚窃听其诗云：'一卧惊秋堕鬓蝉，白杨风起不成眠。因思往日椒房宠，泪湿罗衫抱翠钿。'乃问汝为谁，曰：'吾张丽华也。'言毕渐远，遂不知所在"。又录曾景建诗一首："伴侣声沉王气销，香魂血染有谁招。蓬科三尺光尘在，犹作台城花柳妖。"录蒋主忠诗二首："城外甲兵已合，庭中玉树犹歌。三尺孤坟何处，断云残雨蓬科。""自是倾城倾国，可堪为雨为云。丽质难藏深井，芳魂空闷孤坟。"

赏心亭因辛弃疾的《水龙吟·建康赏心亭》一词而闻名。宋代赏心亭的位置是在水西门的城头上，但这城是南唐所建，陈亡隋兴之际并没有这城，不知张丽华墓是何时迁入。今天的水西门广场上，还有一个似是而非的赏心亭标本。

当张丽华在赏心亭中的坟墓里，倾听诗人们感慨兴亡的咏叹，在青溪柳岸那逼仄的祠庙里享用冷硬的饭团之际，陈叔宝正在隋朝的都城里做着"长城公"。隋文帝会给陈叔宝这样一个封号，让人看着多少有点犯糊涂。自从秦始皇修起长城，长城这个概念在中国文化中的象征意义就十分明确。要将陈叔宝与长城相联系，真得有非凡的想象力。

江总、孔范等陈朝的文武重臣，也都被隋文帝"随才擢用"，各得其所。他们过去与陈叔宝是诗友、酒友，现在成了同僚，却好像不再有一道酒诗风流的事情了。他们中间，至少江总后来回过江南，并且作了诗，感慨自家旧宅的湮没。他自然不会感慨故国的沦亡，否则他就不是诗人江总了。

做了俘虏的陈叔宝，也没有放弃他的唯美主义，努力要做好一个奴隶。他每天跟着隋朝的臣子一起上朝，山呼万岁，还正式向隋文帝提出申请，希望得到一个实在的官职，以便名正言顺地来做这一切。

隋文帝因此大发感慨，说"陈叔宝全无心肝"。这自是从他的皇帝立场做出的评判。后代文人竟也屡屡跟着学舌，自觉不自觉地把自己高抬到皇帝的立场上，一股子"代圣贤立言"的头巾气。

缠足舞

　　古代南京，曾发生过两个与女人的脚有关的著名故事，而且都在中国文化史上产生了深远的影响。

　　一是发生在南朝齐末年的"步步金莲"，其主角是东昏侯萧宝卷的潘淑妃。据说东昏侯专为潘淑妃起造神仙、永寿、玉寿三殿，凿金为莲花，镶在地面上，让潘妃踏着莲花行走，美其名曰"此步步生莲花也"。

　　"金莲"成为女性纤足的雅称，就是从这里开始的。倘若没有这天缘巧合的两个字，此后一千多年间，热衷于女人小脚的骚人墨客，不知道该怎样抓耳搔腮地为替它"正名"作难呢。文化史上那些沉迷于"香莲""采莲""品莲"的篇章，岂不也失了立"足"之地。

　　而且，我颇怀疑《水浒传》中潘金莲这个名字，也是由此得到的灵感。

　　东昏侯其实已是齐的末代皇帝，继他而立的齐和帝，纯粹是为禅位给萧衍而炮制的"过渡时期"的傀儡。东昏侯是他被杀后得到的封号，意思当然是坐实他的"昏"。正史野史中描绘东昏侯荒淫暴戾的故事甚多，后代严肃的史家多不敢相信。东昏侯做皇帝前后不满三年，死时才十九岁，只能算个大孩子。他大约生性好玩好动，做太子时"便好弄，不喜书"，曾经通宵达旦地捉老鼠为乐。所以指责他的过失中，有几件事应该是可信的：一是喜欢带着妃嫔出游，一个月中就能有二十多次。二是在芳乐苑中开设店肆，太监、宫女都成了小商贩，在皇家花园里做起小本买卖来了。皇帝自己做"市魁"，潘淑妃为"市令"，也就是市场管理人员，遇有争执由潘淑妃处罚，皇帝犯了规也要挨小板子。当时民间流传歌谣："阅武堂，种杨柳。至尊屠肉，潘妃沽酒。"再就是兵临城下之际，大臣请他拿出钱来赏赐将士，激励士气，他愤愤不平地反问："贼来独取我邪，何为就我求物。"全然是并不意识到帝王身份的孩子口气。

　　潘淑妃的年纪大约不会比东昏侯大，看来也是个爱玩会闹的姑娘。

　　当时还没受禅称帝的萧衍，已是独掌大权的辅政重臣，看见潘淑妃这样的妙人儿，也很感兴趣，就想留下来自己享用。但他毕竟是有政治头脑的人，就装模作样地去请教王茂。王茂偏又不会凑趣，一本正经地回答："这可是让齐亡国的尤物，留下来，外面的舆论怕不好听。"萧衍只好放弃这个想头，但还舍不得杀她，就说放出去随便配个人吧。一个叫田安启的军官得到消息，赶紧打了报告上来。萧衍本是无可无不可，但是潘淑妃却哭了起来，说："过去受的是皇帝的宠幸，今天怎么能再侍候那种贱人呢。我宁愿死也不能受此辱。"结果就被缢死了。据说她死了之后，神态自若，美艳如生。

潘淑妃的这种"义烈"，颇受后世文人的推崇。清朝的袁枚是个懂得珍爱女人的人，曾写下"玉儿一死千秋重"的诗句，被其后的陈文述称为"通论"。

玉儿，是潘淑妃的小名。

第二个故事，便是南唐后主李煜官嫔窅娘的"缠足舞"，其影响所及，已远不止于中国人脚的历史，也大大超出了文化史的范畴。

窅娘的故事，说起来很简单。据宋人的笔记，说她"纤丽善舞"，于是李后主专门造了一座六尺高的金莲，并用各色宝物装饰，而窅娘以帛绕脚，"令纤小屈上作新月状"，成为一种别致的弓背造型，在金莲中跳舞，"回旋有凌云之态"。曾有人作诗赞美弓鞋："莲中花更好，云里月长新。"用的就是这个典故。"楚王好细腰，宫中多饿死"。缠足由此引起众多女性的仿效。

作为女性缠足的始作俑者，窅娘的名字，也因此得以流传千古。

关于南唐之前女性裹缠小脚的记载，固然都属虚玄而不可信，明万历时人胡应麟在《少室山房笔丛》中考据得十分详尽，后来的研究者几乎没有超出他所论的范畴的。不过窅娘的"缠足舞"，其实也不见于正史，只是个"姑妄言之姑听之"的故事。然而，窅娘是不是实有其人，已经并不重要。三人成虎，众志成城。既然自宋代以来，中国的文人墨客就一口咬住窅娘不放，要将缠足的发明权归于她的名下，既然后世研究中国妇女缠足史的人，都以窅娘的这一番"缠足舞"作为女性缠足的肇端，窅娘已经成为一种被定格的形象，铭刻于中华民族的文化史中。

金陵女儿的名单里，自然不该遗漏这样一位重要人物。

平心而论，窅娘的"缠足"，不过是一种表演方式。她既不是自幼缠成三寸金莲，成年后跳舞时的缠足，也就可以肯定是暂时的扎束，而非永久的裹缠，更可以肯定绝不至于缠到骨折肉腐的程度。其实不但在南唐时期，北宋的前期，裹缠小脚也还不普遍。直到北宋末的宣和年间，社会风尚开始以女性缠足为美，自小缠足的人才渐渐多起来。而且最初的实行者，既没有大家闺秀也没有小家碧玉，不是演员，就是妓女，目的在于扮狐媚之态、博缠头之资。

苏东坡有一阕《菩萨蛮》，咏他所见的小脚：

> 涂香莫惜承莲步，长愁罗袜凌波去。只见舞回风，都无行处踪。
>
> 偷穿宫样稳，并立双趺困。纤妙说应难，须从掌上看。

其中透露的消息，不仅是当时小脚的形式与功用，也有缠足者的身份。以舞为业、纤足且能让人作掌上观的，想必不会是正经人家女儿。有研究者认为，这是第一首专咏缠足的诗词。苏东坡未必有意争当这个"第一"，其时做"小脚诗"的也一定另有人在，只是名气没有苏东坡这样大，所以未见流传。直到元代，缠足仍然属于一种时尚，连舞女中也没有全部实行。富贵有钱人家或有慕而缠之的，平民百姓则很少仿效，批评的意见也时有所见。

据此可见，一种时尚在兴起之初，尽管能够引起社会关注，但往往难以得到主流文化的认同。或许正因为此，那时的记录者，要将它的源头，追溯到亡国之君李后主的宫闱之中，塑造出一个宫嫔窅娘作为载体。

缠足成为一时风气，以致无人不缠、非缠不可，主要还是明代的事情。据胡应麟《少室山房笔丛》载，其时"足之弓小"已到了"五尺童子，咸知艳羡"的程度，"诗词曲剧，亡不以此为言，于今而极"，于是"人人相效，以不为者为耻"，甚至以不许缠足作为一种惩罚手段。

不过必须说明，到了明代，"小脚崇拜"已不能简单地视为时尚崇拜，因为它已经披上了一件礼教的外衣。据说理学宗师朱熹在南宋绍熙年间任漳州知州，就极力提倡缠足，以"淳正民风"，所以后世福建一省中，只有厦门地区缠足成风。民间流传的《女儿经》中有这样的内容："为甚事，裹了足，不因好看如弓曲。恐他轻走出房门，千缠万裹来拘束。"明确宣布缠足不是为了好看，而是为了拘束女性的行动，所以成了有教养有身份的象征，也成了女性进入上流社会的起码条件。

社会下层的男人书读得好，可以通过科举选拔进入上层，社会下层的女人足缠得好，可以通过婚姻选拔进入上层。从理论上说，这真是太公平也太美好了。然而正如科举的选拔权牢牢地掌握在皇家手中，妻妾的选拔权则牢牢地掌握在富贵人家的男性手中，绝非下层社会的男女所能自主。正如三年一届的科举考试对于男人是一条极度狭窄的小道，被选中者百不及一，女人通过一生一度的婚姻嫁入富家豪门，同样属于一种梦想。

直到二十一世纪，还有社会学家在振振有词地论述"门当户对"的合理性。

女性缠足是不是始于窅娘，也并不重要。

重要的是，它开始了。

中国女性由此陷入了一场空前绝后、无与伦比的大劫难。近千年的漫漫岁月中，缠足成了中国女性的必修课，不缠之足反成为羞辱与卑贱的象征。就连明朝开国皇帝朱元璋的马皇后没有裹小脚，也免不了被人暗讽"淮西女人好大脚"。"秦淮八艳"中的名妓马湘兰，只因小脚没有裹到三寸，"足稍长"，也屡受人嘲弄。无数母亲自己一生吃尽小脚之苦，却又不得不将亲生女儿推入火坑，令其饱受摧残，求生不得，求死不能，还坚定地相信是为了她未来的"好"。用郑观应的话说，就是"忍心害理裹女子之足以为慈"。这种"小脚崇拜"，对于人的心灵的戕害，并不亚于对于人的肢体的戕害。

描绘缠足痛苦的文字，所在多有，最生动的，大约要数《镜花缘》第三十三回中，被女儿国国主选为"王妃"的林之洋缠足那一节。著者李汝珍的用意很明显，男权社会中迫使女人缠足，目的在于满足男性的畸形心理，故而他创造出一个女权王国来，让男人也尝尝缠足的滋味。

遗憾的是，自宋迄清，像李汝珍这样的文化人，诚可谓凤毛麟角。以小脚为核心的中国特色的"足文化"，居然成了文人卖弄才技的一大领域。吟咏赞颂小脚以至弓鞋的诗文，不胜枚举。更有甚者，一些嗜痂成癖的无聊文人，居然煞费苦心地编撰出品评、把玩小脚的种种标准和规则来。女性肢体的畸变，成了一面镜子，其中正映照出男性心理的畸变达到了何等程度。

清代福建莆田出了一个自称"评花御史"的方绚，堪称典型。此人编了一部《香莲品藻》，总结出"香莲"宜称、憎疾、荣宠、屈辱的五十八事；又以"莲瓣、新月、和弓、竹萌、菱角"为"香莲五式"，以"肥、软、秀"为"香莲三贵"；又为小脚取了十八种名称，如四照莲、佛头莲、穿心莲、缠枝莲、倒垂莲，大略可以想见女性的脚被缠扭曲的怪样；又定出"香莲九品""香莲三十六格""香莲十六景""香莲十友""香莲五客"等名目。此外还有什么"缠足濯足十二宜""缠足濯足三不可无""缠足濯足四不可言之妙"，花样百出。

这位方才子意犹未尽，又仿《李义山杂纂》的形式，撰出一种《金园杂纂》，自以为诙谐得有趣，"书竟，不觉大笑"。然而其于无意之中，也透露出缠足的痛苦，如"不忍闻：初缠娇女病足呻吟"，"怕不得：小儿初缠"，"难忍耐：脚趾缝痒；初缠不许啼泣"，"又爱又怕：初缠女儿试花鞋"，"迟滞：初缠试步"，"不可过：鸡眼痛；解缠足卒闻足气"，"重难：着高底下峻坂；鸡眼痛着窄鞋"，"悔不得：足小不利跋涉"。对于母亲的逼女缠足，也有两说："恶不久：慈母为爱女行缠"，"劝不得：母为缠足责幼女"，慈母扮恶相，责爱女，旁观者纵不忍心也不能劝，都是为了小脚前程。

明人陶宗仪的《辍耕录》里，记载了元代人以小脚绣鞋行酒令的恶习，在筵席间看到舞女有缠足纤小的，便强脱下人家的鞋，用来装着酒杯行酒令，叫作"金莲杯"，当时被指为"耽于声色"。方绚却将这一传统发扬光大，形成制度，整理出一部《贯月查》，一部《采莲船》。《贯月查》说的是投壶之戏，取席间妓女的一双小脚绣鞋，以一只为投壶的器具，一只用来盛酒杯，并有计算赏罚之法。《采莲船》则以掷骰子为戏，亦以绣鞋盛酒杯供饮。他的这一组文字，可谓集"小脚文化"之大成了。当年在漳州力主缠足的朱夫子，若是地下有灵，知道缠小了的"金莲"竟有如许多伤风败俗的妙用，大约也只能叹一口长气，咕噜一句："我播下的是龙种，收获的却是跳蚤。"

更有甚者，小脚竟还能成为救国的利器。《万历武功录》的著者瞿九思，也要算明代有名的学者了，面对明中期北方鞑靼人屡次入寇的边防危机，竟向皇帝献策说，"北虏"入寇的原因，是当地没有美人，所以"制驭北虏，惟有使朔方多美人，令其男子惑溺于女色"，具体方法就是"教以缠足，使效中土服妆，柳腰莲步，娇弱可怜之态，虏惑于美人，必失其凶悍之性"。他就没有想一想，倘若这一理论成立，那么废止中原的缠足，复国民的"凶悍之性"以保卫疆土，不是更具有可行性么？

如果说方绚的变态心理诚属可恶，那么瞿九思一厢情愿的幻想就是可悲了。

缠足之风对于女性肢体与精神上的双重摧残，即在封建社会中，也时遭人反对。其主要的流行区域，也还是中原汉族聚居地。就连两广、两湖、福建、浙西、赣南、皖北，缠足都并不普遍。少数民族对于女性缠足，更不视为美德。元代统治者对于缠足初时不以为意，后来渐渐被同化，不加反对也未见提倡。清代统治者则是明确反对缠足的。

满人入关之前，在崇德三年（1638）就曾下旨严禁裹足，违者"重治其罪"。顺治元年（1644）掌握实权的孝庄皇后曾明令，有以缠足女子入宫者斩；顺治二年诏告天下：以后人民所生女子禁缠足；顺治十七年又有旨，要国人"痛改积习"，对于抗旨缠足者，其父亲或丈夫"杖八十、流三千里"，已经是仅次于死刑的重罚了。康熙三年（1664）有旨，凡康熙元年以后所生女禁止缠足，违法裹足，"其父有官者交吏、兵二部议处，兵、民则交付刑部责四十板，流徒，家长不行稽察，枷一个月，责四十板。该管督、抚以下文职官员有疏忽失于觉察者，听吏、兵二部议处在案"。如此三令五申，严刑苛治，却收效甚微，民间缠足风气并没有太大的改变。这大约与清初汉人的反满情绪有关，故而清初的汉人，以缠足为汉人"文明"的标志，以不缠足为满人"野蛮"的标志，借以傲视清朝统治者，以致到了清末民初，革掉辫子仍比革除小脚要容易得多。

回过头来说康熙年间，其时曾有官员以"臣妻先放大脚"上奏皇帝欲讨欢心，一时传为笑柄。而更有官场中人利用缠足问题作假公营私的文章，攻讦政治对手、私怨对象，导致官场的混乱，结果不久只好取消禁令。到了乾隆年间，满族女性中也出现了缠足现象，清高宗只能紧缩阵线，严禁旗人缠足。终清之世，满族女性有幸未受缠足之害。一部《红楼梦》中，"水做骨肉"的女儿们就都不缠足。此后道光十八年（1838），重申缠足之禁，然而其时鸦片之祸，急于缠足，战事一起，遂不了了之。光绪二十四年（1898），已是强弩之末的清王朝，在维新派的促动下，再次颁布上谕，苦口婆心地宣示缠足有伤造物之和，告诫缙绅之家，务当婉切劝导，以期渐除积习。

清代二百六十年间，满族统治者与汉人的缠足风习进行了一场持久的拉锯战，其结果是全无成效，可见恶习一旦根深蒂固，力量竟能高于皇权。

当时民间公开反对缠足的人，为数虽少，弥足珍贵。据说乾隆时有赵钧台买妾，看中了李小姐的相貌，唯嫌她未曾缠足。媒人一心促成，又介绍说小姐能诗，是以才补貌的意思。赵先生正为大脚耿耿于怀，遂故意以弓鞋为题面试，分明想借此羞辱于她。不料李小姐当场赋诗道："三寸弓鞋自古无，观音大士赤双趺。不知裹足从何起，起自人间贱丈夫。"崇古，拜观音，都是中国深入人心的传统。尤其"贱丈夫"一说，是有出处的，当时反对缠足的人认为，缠足的目的是使女子意识自己的地位卑贱，但男女属阴阳两仪，女子既贱，男子自然也就贱了。因贱人而致己贱，非"贱丈夫"而何。李小姐的反守为攻，有理有据，很有力量，所以能传为佳话。

同时代的袁枚知道了这件事，还专门写了信给这位赵先生，批评赵先生的审美观，以为女性美首先在于身材，而身材好坏与脚的大小并没有什么关系。袁枚是反对小脚崇拜的，他在《牍外余言》中明确地说："女子足小有何佳处，而举世趋之若狂。吾以为戕贼儿女之手足以取妍媚，犹之火化父母之骸骨以求福利，悲夫！"这一比喻，在当时来说是相当严厉的呵斥了。他还在《子不语》中，记下一个李后主因倡扬裹足而生前死后遭受报应的故事，李后主与窅娘"一时偶戏，不料相沿成风，世上争为弓鞋小脚，将父母遗体矫揉穿凿，以致量大校小，婆怒其媳，夫憎其妇，男女相贻，恣为淫亵。不但小女儿受无量苦，且有妇人为此事悬梁服卤者"，于是"上帝恶后主作俑，故令其生前受宋太宗牵机药之毒，足欲前，头欲后，比女子缠足更苦，苦尽方毙"，死后又忏悔了近七百年才得赎其罪云云。

同是乾隆年间的张宗法著《三农纪》，专列出《农女缠足》一条，指缠足为"恶俗"，"不知陷几许好人，伤无穷性命"。他强调农村劳动妇女缠足的有害无益，不但影响生活劳作，"一日之风流，于大端处何济"，而且导致"血气不爽，心意烦躁，面黄肌瘦，饮食少进"。他还举出古代李寄斩蛇的典故，"问之缠足女子，可能之乎"。

道光年间的龚自珍，也写过一些反对缠足的诗。

真正产生影响、发生效用的反缠足活动，是鸦片战争以后的事了。西风东渐，进入中国的西方传教士及办学、行医人士，见到中国女性的小脚，始则惊讶，继则讥诮。然而，他们为了在中国民间站住脚跟，也不希望因此与老百姓发生冲突，故而并未认真地反对缠足。缠足从来不是中国女性成为"上帝的羔羊"的障碍。但是西方女性健美的天足，明显地比较出了中国女性小脚的残弱。

中国的有识之士，接受了西方天赋人权思想，认识到女性的缠足"既以纤小裹二万万妇女之足，又以此纤小裹二万万士人之心，裹足不能行则弱，裹心无所知识则愚，既弱且愚，欲不为人臣妾得乎"，所以大声疾呼，"缠足之事不早为之所，则变法者皆空言而已矣"。

同治、光绪年间的郑观应，在所著《易言·论裹足》和《盛世危言·女教》篇中，都大谈裹足之害，指出女性裹足，"合地球五大洲，万国九万余里，仅有中国而已……父母之爱子也无所不至，而钟爱女子尤甚于男儿，独此事酷虐残忍，殆无人理"。"人生不幸作女子身，更不幸而为中国女子，戕贼肢体，迫束筋骸，血肉淋漓，如膺大戮，如负重疾，如靓沉灾。西人论女子裹足，男子官刑，乃极弊之政，为合地球五大洲所无"。"苟易裹足之功改而就学，罄十年之力率以读书，则天下女子之才力聪明，岂果出男子下哉！"

他还举出西方"女学与男丁并重"的例子，"人生八岁，无分男女，皆须入塾训以读书、识字、算数等事"，对比中国"女范虽肃，女学则疏"的现状，倡议"广筹经费，增设女塾"，"章程必须参仿泰西，整齐严肃"。

此后维新派反缠足运动中的宣传，大略也都是这个意思。

将反缠足宣传化为实际行动的，首推康有为。光绪八年（1882），康有为与同乡区谔良在家乡广东南海创立了中国历史上第一个不裹足会，起草了会章，次年又独自在家乡创办不缠足会，虽都为时不久，但毕竟是一个大突破。光绪二十一年，康有为、康广仁到广东再度提倡不缠足运动，创立"粤中不缠足会"，由其两个女儿康同薇、康同璧带头不缠足，现身说法，使广东风气大变，并进而影响全国。光绪二十三年，康有为、梁启超、谭嗣同在上海以《时务报》馆名义，登报发起组织不缠足会。同年天津也出现了"立天足会"。北京、湖南、福建等地先后响应，风行全国。然而，其影响所至，只有士绅阶层，以及娼妓行业。

娼妓向趋时髦，尤其看重文人士绅的评判，所以反缠足之论一起，妓院中即闻风而动。《秦淮感旧录》中说："自欧风东渐，秦淮名妓，得风气之先，以不缠足为时髦。狎客评花，亦皆主纤腰而不主纤足，不可谓非审美思想之进步也。余作《秦淮杂诗》云：'曲中名妓最时髦，不重莲翘重柳腰。昨日纶音禁缠足，还应旌奖到香巢。'"

完成在全国范围内禁绝缠足的任务，是辛亥革命以后的事情了。

到了二十世纪三十年代，缠足妇女虽仍可见，而缠足之风已渐消灭。这时天津有一位姚灵犀，收集有关缠足与反缠足的相关言论，编成几本《采菲录》，也可以算是民俗材料的一种整理吧。时隔六十年，这几本小册子奇货可居，不但在拍卖会上卖起了大价钱，而且成了"学术研究"的基础。二〇〇二年夏，某学者就曾在《读书》这样的杂志上撰文，对于二十世纪初的反缠足运动大加挞伐，为缠足这汉民族文化中最丑陋的成分大唱赞歌，甚至认为反缠足"终于使生活在二十世纪前半叶的二万万中国女性从'美'的化身沦为了丑陋无比的'弱势群体'"，并且慷慨激昂地指责"历来的舆论和近代研究者却对此群体遭受的身份与情感的巨大崩落过程置之不理，不愿抛洒一点同情之泪"。此人反复强调"并没有充分的科学证据证明缠足与健康优劣有什么直接关系"，似乎指斥缠足对女性的生理摧残是一种"冤案"。他避而不谈众多开明人士反缠足的言行，却特别举出袁世凯反对缠足的言论。

　　这种理论的当代实践，我们也已经看到了。二十一世纪初，云南玉溪通海六一村曾经缠过足的老太太，居然成为当地一种特殊的旅游"资源"，被某些媒体"强势宣传"，不断炒作，写文章，拍照片，摄录像，并炮制出所谓《金莲曲》《老年迪斯科》之类的乐曲，作为这些七八十岁老人的舞曲，让她们进行舞蹈演出，以证明缠足不但不痛苦，而且还可以照跳"迪斯科"，甚至还拍了专题片拿到国外去获奖。面对这种见利忘义的残酷，当地老百姓只能叹息"小脚打败了大脚"。

　　这样的理论与现实，莫非真可以只当作《聊斋》故事来听么？

金镂鞋

　　南唐时期的金陵城中，还发生过另一个与脚有关的故事。那便是尚无名分的小周后提着金镂鞋、只穿着袜子，去赴后主李煜的约会。

　　李煜曾为此填过一阕《菩萨蛮》：

　　　　花明月暗笼轻雾，今宵好向郎边去。划袜步香阶，手提金镂鞋。

　　　　画堂南畔见，一向偎人颤。奴为出来难，教君恣意怜。

　　高阳先生就以这一段恋情入手，写下一部三十万字的长篇小说《金镂鞋》。他绘声绘色地写到小周后嘉敏如何手里提着金镂鞋，溜出房门，心虚脚软，险些滑倒。及至到了后主身边，"嘉敏进门坐下，首先就甩脱了鞋子，抬起脚就烛火细看，绿的是苔痕，黑的是泥土，脏得自己都看不下去了"，也看得李煜"既感动，又惭愧，而且还有些心疼。因此，他觉得他必须'服侍'她一番，才能心安。于是为她剥去白绫袜子，还好，泥土没有渗透，依旧是一双雪白的脚，他握在手里就舍不得放下了"。弄得嘉敏都觉得好笑，叫他"快放手"，嗔他"也不嫌脏"。

小周后的名字不见史籍，高阳先生为她起名"嘉敏"，大约是因为马令《南唐书·女宪传》中，对她有"警敏有才思，神彩端静"的介绍。

不过历来的正史野史中，都只称她为小周后。"周后"而"小"，是因为在她之前确有过一位大周后，那是她一母同胞的亲姐姐，史称昭惠周后。"昭惠"是她死后的谥号。小周后没有这样的谥号，是因为她死时南唐已经亡国，后主李煜已经成了寄人篱下的"陇西公"。可是史书中都记下了大周后的小名"娥皇"，就没有记下她的任何一种称呼，只含糊地称她为"小周后"。皇后国后，已是女性称谓中的至尊，然而一旦冠上个"小"字，便有了一种说不清的暧昧。对于这位小周后，真不知道是因为"名不正"而"言不顺"，还是因为"言不顺"才"名不正"。

　　小周后和昭惠周后姐妹俩，该是名副其实的金陵女儿，因为马令《南唐书》中说，她们的父亲司徒周宗是秣陵人，秣陵今属南京。但陆游《南唐书》中则说周家是广陵人，不知是不是发现了什么新证据。后来的文人也喜欢说周家是扬州人。高阳先生则说周宗的原籍是扬州，周宗死后，周家是长住扬州的，以这个折中解决了秣陵与广陵的矛盾。当然周家住在扬州要比住在金陵有利于小说情节的开展，其中大约也有后世扬州以出美女闻名的因素。而金陵女儿，好像就没有做了皇后的，也不像会有那样的浪漫性情。

　　应该说明的是，南唐时的广陵，实指今天的扬州，但六朝至唐初的扬州，治所多在金陵。"烟花三月下扬州"的扬州，是今天的扬州，而"腰缠十万贯，骑鹤上扬州"的扬州，则指今天的南京。宋人常将扬州广陵连称，便很容易产生误会，好像扬州从来就是广陵。或许就是这个原因，秣陵在陆游那里变成了广陵。

　　周宗在南唐烈祖李昇取代杨吴的大计上，立有大功劳，算是南唐的开国元勋，历任将相，以司徒致仕退休。到了后周讨伐南唐的战事开始，周宗正好去世了。所以宋齐丘在抚棺祭奠周宗时，有"来亦得时，去亦得时"的感慨。

　　南唐的帝王很懂得政治联姻的技巧，祖孙三代都做了当朝权臣的乘龙快婿。史书中说，周宗继室所生的这两个女儿，"皆国色"。因为昭惠周后小名娥皇，所以高阳先生会让李煜在小周后的面前，有娥皇、女英的比拟。但她们的"继为国后"，却不能等量齐观。因为姐姐是中主李璟替时为太子的李煜选定礼聘的，而妹妹则是与李煜"自由恋爱"结合的。

正史与野史中，最喜欢渲染的一节，就是说昭惠周后病重时，妹妹已经住在宫中，常常到姐姐的病床前探视，其时昭惠周后已经不大清醒了，也就没有人告诉她。有一天，妹妹又在帐前看姐姐，昭惠周后突然清醒，看到妹妹，吃了一惊，问："你怎么会在这里？"那一年妹妹才十五岁，小小年纪还不懂得避嫌疑，照实告诉姐姐，她到这里已经好几天了。于是"昭惠恶之，返卧不复顾"。姐姐心里不痛快，转身朝墙壁睡着，不愿意再看见妹妹，或者说不愿意再看这个世界。没几天，她就死了。

陆游《南唐书》中，对于这一节写得更为激烈。说是大周后病重，"小周后已入宫中。后偶褰幔见之，惊曰，汝何日来。小周后尚幼，未知嫌疑，对曰，既数日矣。后恚怒，至死面不外向"。所以大周后死后，李煜故意表现得十分哀痛，是为了"以掩其迹"。

陆游的本意，显然是想借此谴责李煜与小周后在昭惠周后病重之际的偷情。然而这把刀子却是两面有刃的，这样描写昭惠周后的反应，无形中也损害了她史家有意塑造出的"贤妻"形象，将她写成了一个嫉妒心太强的女性，至少也是有些不明事理。如果昭惠周后是一个聪明人，她就应该想到，凭她一个将死的人，不可能留得住帝王李煜的心，何况李煜这年还不到三十岁，迟早总会有人取代她的位置。既然如此，由自己的同胞妹妹取代，对于她，对于她的家族，也包括对她的妹妹，都该是最值得庆幸的事情了。当然她的心理是矛盾的，李煜毕竟是她深爱的人，以十年夫妻生活的融洽，或者说"专房之宠"，她完全有理由奢望李煜在她死后再拥有别的女人，而不是在她还活着的时候就移情别恋。在梦想被打破之后，她会有失望，会有痛苦，甚至减少她对人世的留恋，但她无论对李煜还是对小妹，都不应该会有"恚怒"。

当然昭惠周后并不是没有嫉妒心的人。马令《南唐书·女宪传》中，在写到黄保仪时，说她虽受后主的赏识，但其时"小周专房，由是进御稀而品秩不加"，而且说黄氏能"服勤降体以事小周，故同时美女率多遇害，而黄氏独不遭谴"。实则视黄保仪为情敌者，当是昭惠周后而非小周后。后主即位，立国后之前，要先选四位妃嫔，称为保仪，黄氏即是这一批进宫的。其时娥皇与李煜结合，已有七年，自然会担心李煜喜新厌旧。小周后入宫时，黄氏早成"旧人"，对她是很难造成什么威胁的了。这种移花接木，当然也是为了维护昭惠周后的贤惠形象。陆游在这一点上就看得比较明白，所以他的说法就含糊了一下，变成"二周后相继专房燕，故保仪虽见赏识，终不得数御幸也"。至于说小周后时"美女率多遇害"，则除了这一句话外，也未见实据。

不过李煜与昭惠周后的爱情，确实是非常深厚的。

李煜十八岁时，聘长他一岁的娥皇为妃。那一年发生了两件大事：一是南唐的敌国后周主郭威死，世宗继位，自此连年攻伐南唐不已；二是南唐的盟国契丹使节在南唐境内的清风驿夜宴，居然被盗所杀，从此两国不相往来。这也就决定了南唐的日渐衰微。李煜二十五岁继位做"江南国主"，已经没有自己的年号，只能用北宋的年号。宋王朝给他一点虚名，他就要大大地进贡谢"恩"，动辄"金器二千两，银器一万两，锦绮绫罗一万匹"，而宋王朝回赠给他的则是"羊、马、骆驼"。一边是高额的贡献，一边是国内的经济危机，南唐不得不铸行铁钱，以致物价腾涌。面对内外交困的李煜束手无策，只能寄希望于佛的庇护。

所以昭惠周后的称呼也成了一件有趣的事情。李煜既称"国主"，昭惠周后照理也只能称"国后"，但群臣和国人都称她皇后。马令《南唐书》中还认真地讨论过这个问题，以为南唐虽迫于赵宋的压力放弃了帝号，但礼仪制度并未降格。昭惠周后的墓，仍被称为"懿陵"。

史书中对昭惠周后的评价都相当高，以为她出身名门，"克相其夫"，能够成为李煜的贤内助。马令《南唐书》对她的描写是，"虽在妙龄，妇顺母仪，宛如老成"，盖棺定论是"身居国母，可谓贤也"。可是对她究竟在哪些国事上辅佐了李煜，却没有一句落到实处的话，只说她"通书史，善音律，尤工琵琶"，大约不乏艺术细胞。其实昭惠周后所做的，也只不过是陪李煜游乐而已。当然也有这样的论调，以为满足领袖的情与欲，就是为国家做贡献。陆游在《南唐书》中记载了这样一个故事。有一次雪夜宴饮，酒酣之际，昭惠周后举杯请后主跳舞。后主说，你如果能谱一支新曲，我可以跳舞。昭惠周后当即让人拿纸笔过来，边哼边记，"喉无滞音，笔无停思"，转眼就谱成了后来被命名为《邀醉舞破》的曲子。她还创作有《恨来迟破》等新曲，都曾流行一时。

因为昭惠周后的好音律，后主对于音乐也十分沉迷，以致疏于政事。监察御史张宪为此上了一封很恳切的谏表。后主读了，赏赐张宪绢帛三十匹，作为对敢说话者的表彰，但并不接受他的意见。

后主曾同昭惠周后一起整理出当时已经残缺的唐代大曲《霓裳羽衣曲》。听到演奏的徐铉同乐师曹生议论，说法曲结尾应该舒缓，现在怎么变得如此急促了。曹生说，原来该是舒缓的，宫中有人改成了这样，恐怕不是吉兆。

《霓裳羽衣曲》是象征开元盛世的太平法曲，结尾匆促，自然不是好兆头。而直接让人产生联想的是，不过一年之内，昭惠周后和她心爱的二儿子仲宣竟先后病逝。据说仲宣三岁就能读《孝经》，在音乐上也有天赋。因为母亲生病，四岁的仲宣由别人照管，一天在佛像前玩耍，有大琉璃灯被猫碰倒坠地，受了惊吓，一病不起。仲宣死后，后主怕昭惠周后知道，常常一个人默默地流泪，写了哀悼的诗，再三吟咏，听得身边的人都忍不住要哭。昭惠周后最终还是知道了，悲痛过甚，没几天也就死了。

这一对音乐夫妇还一起创制了《念家山曲破》和《振金铃曲破》，也颇惹人非议。

"破"是一个专门的音乐术语，指唐宋燕乐大曲的第三部分（前两部分分别是"散序"和"中序"）；每一部分下还分多少不等的"遍"。"破"以舞蹈为主，器乐伴奏，可有歌唱也可无歌唱，故又称"舞遍"。白居易《霓裳羽衣舞歌》中对唐代大曲的结构有形象的描述，"繁音急节十二遍，跳珠撼玉何铿铮"，说的就是"破"这部分，他自己的注释是"霓裳破凡十二遍而终"。燕乐大曲可以全部演奏，也可以只演奏其中的一部分，到国力衰微的宋代，已多只演奏选段，称为"摘遍"。唐大曲歌词主要是诗体，宋大曲歌词主要是词体，在作为过渡的南唐时期，中主、后主均擅词，可以想见歌词当以词体为主。而昭惠周后擅器乐，对于大曲偏重于"破"这一部分也就很自然。

但是后主挑选的这两支大曲也太不凑巧，被后代文人附会，以为预示着"家山破""金陵破"的不祥之兆。身既为亡国之君，也难怪人家将什么都朝亡国上联想。

史书上还说昭惠周后曾"创为高髻纤裳，及首翘鬓朵之妆，人皆效之"，可以算"领导服饰新潮流"，但也绝不能算什么正经国事。

昭惠周后死时，后主"哀苦骨立"，要扶着挂杖才站得起来。他写下了一系列的怀念诗词，还为她写了几千字的诔文，自称"鳏夫煜"，对于数千年来自称"寡人"的帝王们，倒也是一个别致的说法。

至于李煜与小周后的关系，无论正史野史，强调的多是他们正式结婚前的风流韵事。

据说李煜写金镂鞋的《菩萨蛮》传到宫外，韩熙载得知后，连说"不像话"。而李煜听说韩熙载风流放诞，蓄妓数十，甚至帷薄不修，以"惜才念老"置之不问，却总想看一看那种游宴之乐的场面，身为帝王又不便身临其境，便派顾闳中去偷窥，画出了有名的《韩熙载夜宴图》。图中家妓劝酒，并肩携手，眉花眼笑，屏风后隐约可见宾客解衣登床的放浪形骸。李煜看了，也叹息说"不像话"。有这样一对"不像话"的君臣，南唐的国事，可想而知。

小周后入宫时，宋太祖赵匡胤已经取后周而代之。为了讨好赵匡胤，李煜不仅自己向宋王朝称臣，还遵照赵匡胤的旨意，动员南汉一起做宋的属国。南汉主怒拒，李煜就把人家的回信送给赵匡胤，使赵匡胤决意伐南汉。南唐因此赢得了苟延残喘的几年时光，李煜也因此赢得了将小周后扶上正位的间隙。尽管群臣对这桩婚事都"为诗以讽"，而李煜居然也就索性浪漫到底，一个都不责罚。

　　实则小周后该是很委屈的。昭惠周后病重时，她已在宫中，昭惠周后死后，因为她年龄过小，不能马上立为国后，等到第二年，又因为太后病故，李煜居丧，不能举行婚礼。在后宫之中，有实而无名，肯定比有名而无实更危险，不要说等到色衰珠黄，只要帝王一旦移情别恋，那立刻就失去了立足之地。然而小周后居然直等到第五年上，才被正式立为国后，其间该有多少悲酸与忧惧，又该有多少难为人言的苦心周旋。一向以善于怜香惜玉自矜的中国骚人墨客，竟没有一个曾经提到过这些，对于一个不到二十岁的大孩子，实在是要算过于严苛的了。

　　然而李煜与小周后的这段情爱，却成了中国文人骚客心中不解的情结，探求不尽，吟咏不绝，对于李煜可能涉及这段恋情的诗词，更是悉心揣摸，强作解人。这大致有两方面的原因：一是这段爱情的前期，有李后主与小周后背着昭惠周后偷情的情节，直到近代，还有文人请画家画什么《小周后提鞋图》；二是在这段爱情的后期，又有着小周后被宋太宗赵光义强奸的情节。野史中多记载小周后入宋被封为郑国夫人，"例随命妇入宫，每一入，辄数日"。宋太宗将小周后留宿宫中，数日不肯放归，其意不言自明。明代不止一个大画家以这题材画过春宫画。窥阴私癖原本就是中国人的劣根性之一，何况帝王家的隐私。直至当代，中国人仍然热衷于传播某些政治人物的风流逸事。况且帝王的偷情和国后的被奸，都是大大有违常理的事情，千载难逢，自然不能错过这机会。相比之下，李煜与小周后间哀怨动人的深情厚爱，反而显得不重要了。

值得重视的是小周后"出必大泣骂后主，声闻于外"，待到宋太宗放她回家，她都会痛哭，怨骂李煜没用，连心爱的女人都保护不了。后主住处附近，时时有人侦听，是一个公开的秘密，小周后偏偏不是向后主饮泣诉说，而是大泣痛骂，不是忍气吞声，而是"声闻于外"，可见她明为怨骂后主，实则是对宋太宗的公开控诉。在封建社会中，女性受侮，是内心最为深重的痛苦，为人所知，徒增羞辱，故而无处可以倾吐，只能打落牙齿往肚里咽。小周后宁以自己蒙羞为代价，来揭露当今天子的丑态恶行，其性情刚烈，即此可见一斑。

史书上对于小周后的评价，完全不能与她姐姐相比。她的传记，不但在篇幅上比昭惠周后大为缩减，而且马氏与陆氏两部《南唐书》中，都以超过一半的笔墨，详细记录群臣对于迎娶时礼仪的争论不休，讥讽的意味十分明显。马令在《南唐书·女宪传》中刻薄地写到，后主与小周后的婚礼，不过是"成礼而已"，也就是走走过场的形式罢了。而亲迎小周后的日子，"民庶观者，或登屋极，至有坠瓦而毙者"，竟成了一场闹剧。这位马先生最后还是忍不住挺身而出，把话说白了：原来是小周后"自昭惠姐，常在禁中。后主乐府词有'刬袜步香阶，手提金镂鞋'之类，多传于外"，风流韵事，早广为流传，人们自然想亲眼看一看女主角。貌似公允的态度，已遮掩不住马先生内心的鄙夷。

如此对待小周后，实在是大不公平的。

在李煜的一生中，大周后陪伴了他十年，小周后陪伴了他十五年。如果说大周后是共荣华的人，小周后则是更难得的共患难之人。除了与李煜的恋爱以外，小周后并没有做过什么能为史家所诟病的事情。史书中记下的大约只有一件，就是后主曾为小周后造红罗亭，四面栽红梅花，"雕镂华丽，而极迫小，仅容二人，每与后酣饮其间"。南唐的最后五六年，宋军步步进逼，后主把希望完全寄托在佛的保佑上，小周后也与后主一起，"顶僧伽帽，衣袈裟，诵佛经，拜跪顿颡，至为赘疣"，为了国家的安危，磕头磕得额上都生出厚茧来，还亲手为僧寺削厕筹，要在脸上试验是不是够光滑。尤其是南唐亡国，被俘往洛阳，"此中日夕，只以眼泪洗面"的日子里，所有的臣子与侍从都另择高枝了，只有小周后一个人陪伴在李煜的身边。她对于宋太宗的欲念始终不肯顺从，在遭到宋太宗的侮辱后不肯即死，明显也是为了李煜。李煜一死，她"悲哀不自胜"，也就死了。

如果一定要说小周后有什么不是，那就是她不幸身为亡国之君的后妃。中国的男人，每逢国事弄到不可收拾的地步，都会找出女性来担负罪责。在南唐，那就只能是小周后。

马娘娘

　　这又是一个牵连到"脚"的金陵女儿故事。

　　"脚"在这个故事中所占的篇幅虽然不能算大，但分量却够沉重，据说它曾引起一桩滥杀无辜的血腥事件。

　　这双大脚的所有者，不是寻常百姓，而是明朝开国皇帝朱元璋的原配马皇后。

　　看惯了"你方唱罢我登场""城头变幻大王旗"的南京人，对于帝王家素来缺少足够的尊崇。就像他们的祖先曾经全无忌惮地调侃过六朝权贵一样，还没领教过朱元璋厉害的南京百姓，也拿自小未曾缠足的马皇后开起了玩笑。有一年元宵节，朱元璋微服出巡，看到聚宝门内一户人家门前灯谜的谜面是一幅画，画的是一个大脚妇人，怀里抱着个西瓜。

朱元璋认为那谜底是"怀（淮）西妇人好大脚"，马皇后的祖籍正是淮西，她又确实是个"大脚妇人"，所以这个谜语是讥讽马皇后的，至少也要算泄露了国家领导人的某种"最高机密"吧。朱元璋容不得有人藐视皇家尊严，便下令将那户人家诛灭九族，据说共杀掉了三百多人，同街的左邻右舍都受到株连，被发配充军。那一条街从此被称为"灭街"，后来讹为篾街。

一个并无恶意的小玩笑，弄出这么个惨不忍睹的结果来，对于一向包容、宽厚的南京人，是始料未及的。只是这个故事流传到当代，南京人文化特征方面的内涵已完全淡化，被强调的只剩下了最表层的意义：封建帝王朱元璋残暴嗜杀。

言归正传说大脚。马"大脚"的这双"脚"，其实未必真是大得出奇。它只不过属于正常而已。然而在裹缠小脚已经成为习俗风尚的南京人眼中，不正常的"三寸金莲"反而成了标准，将正常的天足比成了令人侧目的"大脚"。

不过，也有人认为，马皇后的脚确实大得非同凡响。

口说无凭，有脚印为证。这个脚印至今还留在南京城北挹江门外绣球山的石头上。

据说，朱元璋定都南京，依照刘伯温的主意，在城东填燕雀湖造皇宫。新皇宫造好后，朱元璋带着文武百官和儿子们去巡视。马皇后特意叮嘱四儿子朱棣不要乱说话。可是待到朱元璋要大家发表意见时，朱棣还是忍不住说了一句："紫金山上架大炮，炮炮打中后宰门。"他是从实在的军事意义上，指出了皇宫选址的缺陷。被扫了兴头的朱元璋很不开心，便赏了他一个桔子吃。回去后马皇后问起，朱棣照实说了，马皇后大惊失色，说吃桔子意味着"剥皮抽筋"，连夜送朱棣出城逃走。可是天一黑城门就都已关闭，马皇后急了，抱起儿子，一抬腿跨过城墙，落脚在城边的绣球山上，一伸手就把儿子送到了长江北岸。朱棣因此得以回到他在北京的封地，招兵买马，养精蓄锐，后来终于通过"靖难之役"夺取了皇位。绣球山石头上的"马娘娘大脚印"，足有二尺来长，深达数寸，而且还有一个神奇之处，即脚印中的积水终年不涸。

"马娘娘"这个称呼，一直延续至今，充分说明历代南京人对于暴君朱元璋的这位马皇后，并没有恶感。在南京方言中，"娘娘"是一个十分亲切的尊称，有类于将观世音菩萨称为"观音娘娘"。除了马皇后，好像再没有哪个在南京做皇后的女人被称为某娘娘。

换句话说，马娘娘虽然不是南京人，却是被南京人当成自家人看待的。

南京民间流传的关于马娘娘的故事甚多，而且都是让她作为朱元璋的对立面出现。南京人对朱元璋的印象是相当差的，并不像某些政治家和御用史学家，因为朱元璋是穷苦人出身，就对他的所作所为另眼看待。在南京人讲求实际的眼中，皇帝就是皇帝，皇帝过去的生活贫困苦难与否并不重要，重要的是他今天的施政业绩。而对于他们所不欣赏的朱元璋，做皇帝前的贫贱就成了取笑他的话柄。但他们却刻意塑造出了一个贤明的皇后马娘娘，让她来弥补朱元璋的过失。这实在是善良人民的一种善良愿望，在某种意义上正与御用史学家不谋而合——倘还能将皇帝粉饰为明君，便将所有的过恶都推到不良的后妃头上去，实在无法为皇帝遮饰了，还要造出一个"贤后"，来作为子民的希望。

马娘娘是朱元璋的原配夫人。朱元璋做皇帝，马娘娘成了皇后，算是夫贵妻荣。但是在他们结婚的时候，情况则正相反，是朱元璋因为马娘娘大大提高了地位，要算是妻贵夫荣。娶了马娘娘，是朱元璋人生途程上一个重要的转折点。

马娘娘的娘家情况，连她自己也已经弄不清。她的父亲姓马，应该是不错的，但名字都没有传下来，很可能根本就没有名字，因为女儿后来当上了皇后，所以被尊称为"马公"。这位皇后女儿同样没有名字。马公家里很穷，妻子又早死，史书上说他"负侠"，大约未必是武功高强，而是有些流氓气，是乡里间的穷混混。他和郭子兴的关系相当好，在外出闯荡之前，将女儿托付给郭子兴。郭子兴把她交给第二个夫人张氏扶养，张氏自己大约没有女儿，加上小女孩伶俐讨喜，所以夫妇俩待她就像亲生女儿一样。

郭子兴也是有些英雄气的人，到了元末群雄纷起之际，他拉起了一支队伍，就成了"元帅"。当和尚的朱元璋最初就是投奔到了郭元帅的手下，因为有些智谋，又识得几个字，所以颇受赏识，不久就被郭元帅留在身边做了亲兵小头目。那时郭子兴与另几位义军"元帅"互相猜忌，关系紧张，甚至自相残杀的心都有了。这也不能简单地说元末农民起义军素质差，因为实在是一种"中国特色"，但凡农民起义军，都是把内部的争权夺利，看得比推翻封建王朝更重要。这一特色，除了太平天国以外，在元末农民起义军中可说是表现得最为充分。

既处于危境之中，身边更需要贴心的护卫，郭子兴为了笼络朱元璋，就把养女配给了他。那一年朱元璋二十五岁，马姑娘二十一岁。按当时人婚嫁的标准，都要算"大龄青年"了。

朱亲兵从此成了"朱公子"。这一步对于朱元璋来说，真有一步登天的意味。但是祸福相倚，这桩婚事也为朱元璋埋下了危机，那就是郭子兴的两个儿子，原本以为这个干妹妹，迟早是他们的艳福，不料却被朱元璋凭空里夺了去，于是不时在父亲面前播弄是非。

郭子兴本是个好听闲话少决断、忌才护短不容人的脾性，对这养女婿也就大不放心起来，一次因为意见不合，竟将朱元璋禁闭在空屋里。两个儿子想趁此机会除掉他，遂不许人送饭给朱元璋吃。马娘娘知道后，偷偷做了炊饼趁热送去，怕人看见，藏在怀中，把胸脯都烫伤了，留下了一块大疤痕。后来，马娘娘又拿出自己的私房钱，送给养母张氏，说是朱元璋孝敬她的。张氏在郭子兴面前为朱元璋说话，翁婿间的紧张关系才得以缓和。

正史上马皇后的传记，也有着相当程度的民间故事意味。如说当时天灾兵乱，粮食缺乏，朱元璋食量又大，马皇后总是想方设法储存些干粮和腌肉，宁可自己挨饿，也要让朱元璋吃饱。又如说朱元璋占了金陵，与同是反元义军的陈友谅争战不已，马皇后亲自为战士们制衣做鞋。一次陈友谅兵临城下，不少官员也像居民一样准备逃难，马皇后毫不慌乱，将府库中的金玉布帛都拿出来犒赏将士，激励士气，结果打了胜仗。朱元璋称帝后，常常在大臣们面前说起马皇后的贤明，将她比作唐太宗时的长孙皇后。马皇后则说："我听说夫妇相保是容易的，君臣相保就难多了。皇上能不忘我们共贫贱的日子，也希望不要忘了大臣们与你共艰难的日子。"朱元璋虽然当时也表示很受感动，可对于朝中重臣，仍然时怀猜忌，动不动就构筑冤狱，横加屠戮，株连一大片。

李文忠镇守严州时，杨宪打小报告，说他有不法的行为。朱元璋当即要将李文忠召回京师问罪。马皇后劝阻说："严州在军事前线，轻率地变换将领，是不合适的。况且李文忠一向做事谨慎，杨宪的话未必可信。"朱元璋觉得有道理，才没有追究。如果没有马皇后的暗中维护，李文忠也就没有后来建功立业的机会了。

朱元璋借胡惟庸谋反案，杀了一万多人。翰林学士宋濂曾是太子和诸王子的老师，他的孙子宋慎被人告发是"胡党"，已经退休回家养老的宋濂，也受株连要被处死。马皇后劝解说："老百姓请了老师教育孩子，尚且以礼相待，善始善终，何况天子之家呢。再说宋慎在外面做了什么，宋濂在家里未必能知道。"朱元璋不听她的。到了吃饭的时候，马皇后酒也不喝，肉也不吃。朱元璋觉得奇怪。马皇后说，她这是为宋先生祈福。说得朱元璋也动了感情，丢下筷子不吃了，第二天就宣布特赦宋濂。

朱元璋脾气暴躁，做了皇帝更是喜怒无常，宫女常常因为侍候不周到而丢了性命。马皇后就自己侍候朱元璋吃饭，以免宫女因此得罪。有一次朱元璋发怒要责罚一个宫女，马皇后也装作很生气的样子，命令将那宫女送到宫正司去议罪。朱元璋消气之后，也说："宫女有过错，你处罚就是了，怎么还要送到宫正司去。"马皇后说："帝王不以自己的喜怒影响刑罚。当时你的火气太大，难免处罚过重，送到宫正司去，他们会公正地处理。"

洪武十五年（1382）八月，陪伴了朱元璋三十年的马皇后走到生命的尽头。她病重时，群臣建议为她祈祷，并广求良医。马皇后拒绝了，说："死生是命中注定的，祈祷有什么用呢。医药万一没有效用，医生们岂不是要因为我而获罪么。"她宁可病死也不肯服药。史官们记下这些，本意是想说明马皇后的贤明，可这恰恰反映出了朱元璋的酷虐。

吴晗所著《朱元璋传》中，也说到马皇后对文化、对文化人的态度。她在军中就求人教认字，做了皇后，要女官每天教她读书，能记得许多历史上有名妇女的故事。朱元璋有随手写札记的习惯，马皇后总是替他收拾整理好，一待查问，立刻检出，省了皇帝许多精力。诸王子的老师李希颜脾气古怪，用教乡下孩子的办法对待王子，动不动就体罚。一天用笔杆子打了一个小王子的额角。小王子哭到朱元璋那里去告状，朱元璋一面为孩子抚摸，一边就变了脸要发作。马皇后拦了下来，说："师傅拿圣人的道理管教孩子，我们怎么可以生气呢。"朱元璋才丢开了这件事。

据说按月给有家的太学生发粮食让他们养家，也是出自马皇后的建议。

南京人很喜欢说沈万三与朱元璋争强斗胜的故事。传说当年造南京城墙时，巨富沈万三主动表示愿意助筑三分之一，一个人承担了从洪武门（今光华门）到水西门长达十余公里城墙的修筑经费。朱元璋以一国之力与沈万三比赛，结果是沈万三负责的工程早三天完工。朱元璋设宴为他庆功，称他为"白衣天子"，其实心里很不高兴沈万三竟敢胜过他。尽管沈万三一再耗巨资于国事，但破财并未能消灾，反而更让朱皇帝耿耿于怀。他出百万两银子代皇帝犒赏军队，出资助修军营，都被皇帝认为是收买军心，图谋不轨，几次要杀他。朱元璋的理论是"民富侔国，实为不祥"。马娘娘为沈万三做了有力的辩护，她说，"国家立法，所以诛不法，非以诛不祥。民富侔国，民自不祥。不祥之民，天将灾之"，还用得着你皇上动手么。但朱元璋最后还是借口沈万三以茅山石铺街心是"谋心"，而将他全家发配云南充军。沈万三的万贯家财也就顺理成章地成了"国家"即皇帝的财富。

也有马娘娘虽出于好心，无意中却害了别人的。有一个故事说现在的朝天宫，在明代初年是玄妙观，又叫永寿宫，观里道士做的素面很有名，朱元璋微服私访时去吃过，也很喜欢，可回宫让御厨照样做，总是做不出那个味道来，被他连杀了几个厨师。马娘娘怜悯厨师，叫一个聪明伶俐的小太监混进玄妙观去打听素面的做法，才晓得道士们是将鸡肉晒干碾成细粉，掺进面粉中做面条，又以野雀子熬汤兑进面汤，味道自然鲜美，平常素面哪能做出这个味道。御厨照此方法做出面条，得以免祸。可真情泄露后，朱元璋认为玄妙观的道士欺君欺民，便杀了个鸡犬不留，连道观也拆为平地，改建朝天宫。

朱元璋的相貌奇丑，也是南京人喜欢说的一个话题。这也牵连到口碑甚好的马娘娘，因为马娘娘长得也不能说漂亮。据说某年正月十五元宵节，朱元璋下令京城里各家各户门前的彩灯上，都要画皇帝或皇后的像。有一条街轮到挂马娘娘的像，七十户人家中，有七家穷人，请不起画家，只能马马虎虎画个美人在灯笼上，结果在皇帝检查时得了赏赐，另外六十三家特地请了见过马娘娘尊容的画家，认认真真画得很像，哪知惹得朱元璋大怒，都被满门抄斩。那条只剩七户人家的街道，后来就被人叫成了"七家湾"。

经历过太多朱元璋的暴行，南京人也觉得，像马娘娘这样的人，在朱元璋的身边一定不得善终，于是有了马娘娘惨死养老宫的故事。说的是朱元璋因为有马娘娘在，不能随心所欲，很不痛快。有一天，因为话不设机，当着刘伯温的面，他就粗鲁地呵斥马娘娘。马娘娘觉得很委屈，就解开衣襟，指着胸脯上的疤痕对朱元璋说："当年我为了救你，被炊饼烫成这样，你今天就全忘干净了。"朱元璋见马娘娘当着外人解衣襟，不觉一怔，脱口叫了一声："唉哟，我的妈……"一句话没说完，被旁边的刘伯温抓住了机会，忙接过去说："皇上金口玉言，已封娘娘为太后。皇上以后再不会对太后动怒的了。"马娘娘听了，一时也不知是好事还是坏事，也就没有往心上放。其实刘伯温是为朱元璋打算的。马娘娘成了太后，就不能再留在朱元璋身边，而是被送进寿星宫养老，轻易不能出宫活动，朱元璋的耳根自然落了清静。马娘娘本是个好活动的人，进了这个牢笼一样的地方，连说话的人都没有，才知道是上了刘伯温的当，又气又闷，没几天就生了病。朱元璋又不知道，也不来看她，结果马娘娘就这样死在了养老官里。

前几年放映的一部电视连续剧中，将马皇后设计成文武全才，不但善于侦破疑案，而且是个武功高手，朱元璋与她十分恩爱，言听计从。这已纯粹是为了谋求经济利益的商业化产品，与南京民间故事中对马娘娘智慧与善良的描绘，是完全不同的概念了。

让皇后

　　有史以来，中国只有禅让皇帝之位的男人，没有推让皇后之位的女人。

　　将皇位拱手让人的男人，虽然很难说有几个是出于心甘情愿，可是那准备好了"接受"皇位的人，需要这个"让"（"谦让"或"禅让"）的形式，旧皇帝便不得不一本正经地去扮演这个"让"的角色。因为皇帝毕竟是天底下第一个说了算数的人，倘不经此一"让"，新皇帝就难免落下个"篡"或者"夺"的名目。南京号称"六朝古都"，六朝中东晋和南朝宋、齐、梁、陈之间的承续，就都是采用了禅让的形式。

　　皇后就不同了。皇后是被动当选的，她的"立"与"废"，概由皇帝说了算，并非自己想当就可以当得成，也并非自己不想当就能够躲得过。一旦皇帝看中，或皇室选中，岂容你一介女子行使"否决权"；而改易调换，也必然是出自帝王家的意志，非皇后自己可以私相授受。一句话说白了，皇后不存在"让"的问题。

有趣的是，在明代的南京城里，居然就出了这么一位空前绝后的"让皇后"。不但在金陵女儿中，堪称奇绝；就是在全中国的女性里，也无与伦比。

这位"让皇后"，就是明代开国功臣中山王徐达的小女儿徐妙锦。

当永乐五年（1407），明成祖朱棣向徐家示意，要娶徐妙锦为皇后的时候，徐达早已去世，徐妙锦的母亲，徐达的继妻谢夫人婉转而坚决地回绝了："我的女儿，只怕是配不上皇上吧。"

朱皇帝听了，忍不住冷笑一声："夫人的女儿不愿嫁给朕，还想再选择什么样的女婿呢。"

这句话就断送了徐妙锦的一生姻缘。

徐家的这个女儿从此没有了出嫁的可能。有当朝皇上的话撂在这里，什么人还敢再娶她。娶了这皇帝看中而得不到的女人，不说是夺皇帝所爱吧，也是显示自己在某一方面比皇帝更优越，这大明王朝中还能有你的立足之地么。

更何况朱棣还将皇后的位置一直空着，始终摆出一副虚位以待的姿态。

徐妙锦只好出家做了尼姑，算是与佛结缘。

谢夫人拒绝朱棣求婚的理由，其实是很说不过去的。因为她的大女儿，就是朱棣的原配夫人，史称仁孝皇后。她的二女儿和三女儿，也都是朱家的媳妇，代王妃和安王妃。永乐五年，仁孝皇后病逝，朱棣才再次向徐家求亲，想继娶小姨为皇后。这简直就是顺理成章的事情，也会是别人家求之不得的事情。徐家却不假思索地拒绝了。

其实谢夫人拒绝朱棣的求亲，另有原因。

这就要牵扯到几年以前，燕王朱棣以叔夺侄的"靖难之役"，牵扯到那个特定历史时期的特殊政治局面。

徐家与朱家长期以来的微妙关系，是明代初年一个绝妙的话题。

徐达被朱元璋誉为明代的"开国第一功臣"，朱元璋在修建新皇宫的时候，曾经许愿把自己的旧王府赐给徐达，但他不久就反悔了，显然是担心从那座旧王府中，再生出一个新皇帝。于是他改在旧王府的北面，原关公庙的地基上，为徐达修建了一座王府，借以表示自己是像刘备待关羽那样，把徐达当作手足兄弟看待的。所以南京民间相传徐达是"关公转世"。朱元璋还亲自写过两副对联赐给徐达：一副是"始余起兵于濠上，先崇捧日之心；逮兹定鼎于江南，遂作擎天之柱"；另一副是"破虏平蛮，功贯古今人第一；出将入相，才兼文武世无双"。他并且在徐达王府的左右各建一座牌坊，以为表彰之意。所以这新王府所在地，民间俗称"大功坊"。

这位举世无双的大功臣，住进大功坊时，已只能诚惶诚恐地陪皇帝喝酒下棋，再也不敢言勇。徐达的表演是有成效的，尽管他最后还是死于朱元璋的猜忌之下，徐氏家族却没有像其他开国功臣家族那样遭到清算。

没有了徐达的徐家，仍然是一棵大树，盘根错节，政通人和时不起眼，可一旦政局动荡，便显示出举足轻重的影响。

在"靖难之役"这相当于改朝换代的大动荡中，徐家必然成为对垒双方争取的重点对象。然而，说不上是幸还是不幸，徐家在这场大动荡中分裂成了两派。

徐达的大女儿，朱棣的原配夫人仁孝皇后坚决支持丈夫。这位"幼贞静，好读书"有"女秀才"之称的女性，甚至直接参与了战斗。燕王朱棣率大军去攻袭大宁，建文帝手下的大将李景隆乘机包围了朱棣的根据地北京。当时领军守城的是朱棣的儿子朱高炽，实际的决策人则是他的母亲徐夫人。李景隆攻城急，城中兵力不足，徐夫人亲自上阵，激励将士，并且动员城中百姓的妻子都穿上盔甲，登城防守。北京城由此得以保全。

她的母亲谢夫人对此一定很不满意。然而"嫁鸡随鸡，嫁狗随狗"，从封建伦理上说，母亲也无法责怪女儿。

　　然而在谢夫人的身边，南京城里，情况也在发生变化。徐达的大儿子徐辉祖，继承了父亲魏国公的爵禄，建文帝又加封太子太傅，他发现朱棣有异常动向，当即报告建文帝，并曾率军大败朱棣于山东。直到朱棣挥军渡江之际，徐辉祖还领军拼死抵抗。

　　徐达的四儿子徐增寿，想法就不同了。他在建文朝也官至左都督，建文帝怀疑朱棣有反叛之意，曾向他咨询。徐增寿连连磕头说，燕王是先帝的亲骨肉，富贵已极，为什么要造反呢？待到朱棣起兵南下，徐增寿又多次将南京城里的军事政治情报泄露给朱棣，被建文帝发现。到了朱棣大军渡江之际，建文帝召见徐增寿，历数他的所作所为，有算总账的意思。徐增寿满以为此时大局已定，建文帝拿他也没奈何，所以全不辩解。哪知穷途末路的建文帝怨怒难平，竟一剑将徐增寿刺死在金殿上。

　　朱棣进了南京城，见到徐增寿的尸体，抚尸大哭，先追封他为武阳侯，不久又进封为定国公。这分明是"千金买马骨"的做作了。他希望建文朝的旧臣，能明白他的意思，只要像徐增寿一样效忠于他，他也决不会亏待了他们。

　　转过脸来，朱棣就去同徐辉祖算账。徐辉祖藏身在徐达的祠堂里，避而不见。朱棣虽然登基做了皇帝，也知道尽管建文帝不知所终，这南京城里建文集团的势力仍然不小。他既打的是"清君侧"的旗号，清洗政敌的规模就不能过大，更不宜与徐家硬翻脸。朱棣当时开列的"奸臣"名单，不过五十人，对列入名单的人处置异常严酷，对名单以外的人则概不追究。对于建文年间任命和提拔的官员，朱棣明令"仍依见职不动"，都保留原有的职位。有人提出建文帝所用的人应该摒斥，朱棣不同意，解释说："今天朝中的人才，都是太祖几十年培养出来的，哪里是建文一二年间就能造就的呢。"又说："治理国家必须依靠贤才。天生人才为世所用，做帝王的就应该因才任用，共同治理好国家，何必多疑。"朱棣确实是一位明智的君主，他越是表现出"用人不疑"的姿态，那些留在朝中的建文旧臣，就越是会死心塌地为他效命。事实证明，朱棣成功地消解了大多数旧臣中的敌对情绪。

且说徐辉祖虽然被列入上述五十"奸臣"名单，朱棣派人去找徐辉祖，也只是要他写一份悔过书。这绝不仅仅因为徐辉祖是"国舅爷"，更重要的还是出于朱棣团结大多数的基本策略。只要徐辉祖有个低头服罪的态度，新皇帝面子上过得去，就好下台阶给予赦免，让他来做与新皇帝合作的带头羊，那对彻底瓦解建文集团会有很大的榜样作用。哪知徐辉祖根本不买账，写下的全是徐家在明代开国时的功勋，以及朱元璋当年赐给徐家的"丹书铁券"中免死的承诺。朱棣大怒，这才下令削去徐辉祖的魏国公爵位，将他软禁在家中。

这个处置，应该说还是很有分寸的。

被软禁在家中的徐辉祖，更成为建文集团残余势力的一面旗帜，或者说精神领袖。

明成祖朱棣一直没有放弃与徐家重修旧好的努力。没过多久，就由仁孝皇后出面，将徐家府第东边的一片湖泊土地，大略相当于今天的白鹭洲公园，赐给了娘家，名义上是为了缅怀父亲的功业，实际上还是希望能与母亲兄弟缓和关系。徐家虽然没有拒绝，但一直就让那片地荒着，荒到一百年后的嘉靖年间，才开始修造园林。

永乐五年徐辉祖去世。一个月后，朱棣就发布诏令，说徐辉祖与齐泰、黄子澄等危害国家，是他个人的事情。中山王于国家有大功，不能没有继承人，于是让徐辉祖的长子继承了魏国公的爵位。徐家同样没有拒绝，大约以为这本来就是徐家的，朱棣剥夺不当，退还是应该的。

仁孝皇后去世，朱棣再次向徐家求亲，同样是朱棣发出的一种与徐家、与残余的建文集团缓和关系的信号。如果徐家接受了这桩政治联姻，也就象征着朱棣的"以叔夺侄"，已经得到了建文集团核心人物的谅解。

谢夫人的回答，使朱棣清楚地认识到，事情远比他所想象的要复杂。

这也更坚定了朱棣放弃南京、将首都迁往北京的决心。

然而小姑娘徐妙锦，却成了这场政治斗争的牺牲品。

徐妙锦出家的尼庵，南京人俗称皇姑庵。清道光年间南京人金鳌撰《金陵待徵录》，还留下了这样一条记录："皇姑庵在雨花山后，祀徐妙锦，不肯为燕王后者也。嘉庆中北城徐氏重修。"

据说皇姑庵后生长一种奇竹，最适宜做手杖。杖者，供扶持之用器也。这个女人应该是能成为丈夫的贤内助的，却只能化身为竹杖一显身手了。

桃花扇

　　"秦淮八艳"中，最为市民百姓所熟悉的一位，大约要数李香君。这当然与从戏剧到电影又到电视的《桃花扇》分不开。孔尚任的《桃花扇》，"借离合之情，写兴亡之感，实事实人，有凭有据"，长期被人视为"南都信史"，除了专治明史者，中国人对于明亡清兴的那一段历史，特别是对于短命的弘光小朝廷的了解，恐怕或多或少都会受到《桃花扇》的影响。于是李香君也就成了"秦淮八艳"中领袖群伦的人物，甚至被视为金陵女儿的典范，被誉为"巾帼英雄"。

　　李香君的故事，说来并不复杂。

　　她原名李香，是秦淮名妓李贞丽的养女，十三岁就坠入风尘，曾向人学过汤显祖的"玉茗堂四梦"，而尤工《琵琶记》。余怀描写她"身躯短小，肤理玉色，慧俊婉转，调笑无双"，所以人送雅号叫"香扇坠"。余怀曾作诗赠她："生小倾城是李香，怀中婀娜袖中藏。何缘十二巫峰女，梦里偏来见楚王。"这首诗由魏子中书写在媚香楼墙壁上，杨文骢又添画了崇兰峭石，时人称为"三绝"。于是李香君的名声大盛，"四方才士，争一识面为荣"。据说复社的领袖张溥和夏允彝对她都有好评。

崇祯十二年（1639），复社骨干、"明末四公子"之一的侯方域来南京参加科举考试，其时他年轻气盛，身挟万金，诗酒风流，与李香君情好日密。隐居南京的阮大铖与侯方域的父亲户部尚书侯恂曾是好友，后因阮大铖投靠魏忠贤，侯恂是东林党人，愤而与其绝交。此时阮大铖正为复社士子所不容，意欲借结纳侯方域，以缓和与陈贞慧、吴应箕等复社骨干的关系。阮大铖派了一个王将军接连几天邀侯方域宴饮游玩。李香君提醒侯朝宗，说这个王将军不像个有钱人，不知道为什么要这样做。在侯方域再三追问下，王将军才摒开众人，说明是受阮大铖所托。李香君悄悄地对侯方域说，陈贞慧、吴应箕都是正直的人，也是你的好朋友，怎么能因为这个阮大铖而有负于好友呢，况且以公子的家世声望，又何必结交阮大铖。公子读万卷书，见识不会不如我吧。侯方域连连称善，让王将军转告阮大铖，就说阮身为贵人，座上并不缺少佳宾，何必一定要笼络这两三个读书人呢。我如果去向陈贞慧、吴应箕二人讲明阮大铖的意思，一定也会被陈、吴二人所弃绝，只剩下我一个人去陪伴阮大铖，也无济于事。阮大铖与复社士子的关系更加恶化，对侯方域也恨之入骨。

侯方域应试落第，次年归故乡河南商邱，李香君在桃叶渡置酒为他送行，席间为他演唱了《琵琶记》，并且对侯说，公子的才名文藻都不亚于《琵琶记》里的蔡中郎。蔡中郎的才学虽好，但投靠董卓，是一生的大污点。公子是个豪迈不羁的人，但希望公子能够自重自爱，不要忘记我为你唱过的《琵琶记》。

侯方域回乡后，漕抚田仰看中了李香君，以三百金求一见，李香君拒绝了。田仰觉得很没有面子，恼羞成怒，在外面造谣中伤李香君。李香君叹息说，这个田仰同阮大铖有什么区别呢。我当年所要求于侯公子的，今天如果为了金钱就放弃，那不是对不起侯公子吗？她终于没有去赴约。

余怀《板桥杂记》和侯方域《李姬传》中所记载的李香君事迹，都到此为止。

崇祯十七年（1644）李自成攻占北京，京城官员纷纷南逃，侯方域和父亲流寓南京。南明弘光元年（1645），阮大铖借左良玉兵逼南京事陷害侯方域，侯方域仓皇逃离南京，一度做过史可法的幕僚。而沈起凤《谐铎》中记载，李香君后来得与侯方域会合，到清军南下之际，"侯生携李香远窜去"，远远地逃走了。顺治年间，侯方域降清，参加清王朝的科举考试并中了举人。

尽管孔尚任自己以"实事实人，有凭有据"做宣传，但在他的《桃花扇》中，仍然出现了不少重要关目上的虚构。比如《哄丁》一出中，说南京士子在大成殿祭孔，阮大铖也悄悄前去，被众士子发现后遭痛骂殴打。比如《却奁》一出中，说阮大铖欲借笼络侯方域以与复社修好，借侯方域与李香君结合之际，专门由杨文骢送了嫁妆过来，李香君知道真相后，"摘翠脱衣"，让侯方域退还给阮大铖。比如《设朝》一出中，说甲申年五月初一福王在南京监国临朝，论功行赏，一天内任命了大批文武官员。比如《选优》一出中，说李香君被选入南明宫中学唱阮大铖的《燕子笺》。比如《守楼》一出中，说杨文骢以田仰之命相逼，李香君坚拒不从，直至倒地撞头，血溅满地，染红了侯方域送她的定情诗扇。比如《寄扇》一出中，说杨文骢就诗扇上香君血痕点染成桃花，李香君托人将这柄"桃花扇"带给侯方域。比如《逃难》一出中，说杨文骢升任苏淞巡抚，听说福王已逃走，遂不敢上任，去媚香楼取行李逃走。比如《沉江》一出中，说扬州失守，史可法南逃，在龙潭江边听说南京亦失守，遂投江以殉国。比如《入道》一出中，说明朝亡国之后，侯方域与李香君都看破红尘，一个做了道士，一个出家为尼。这些都于史无据，有的甚至与历史事实严重不符，如对史可法、杨文骢的结局处理。作为文学创作，这当然是允许的，然而读者倘真以为这些都是"南都信史"，就不免大上其当了。

孔尚任于"秦淮八艳"里独选中李香君作为他的戏剧人物，也不是没有原因的。

"秦淮八艳"的经历，都不乏戏剧性。李香君在其中并不是最突出的。论波折跌宕，当首推陈圆圆；论柔情侠骨，当首推董小宛；论才情色艺，当首推顾眉生；论气节才学，当首推柳如是。

就说《桃花扇》里受尽孔尚任奚落的贵阳人杨文骢，他先娶了秦淮名妓中的马婉容，又娶方芷生为妾。方芷生素有慧眼识人之誉，曾经对李香君说，你得侯郎，也算得所依托了，只是名士容易反复，我要选一位忠义之士共千秋。不想后来嫁了与马士英、阮大铖过从甚密的杨文骢，清流士人都为之惋惜。至清军南下，杨文骢转战江南坚持抗清，方芷生一直跟随着杨文骢。到事无可为之际，方芷生取出一只镂金箱，对杨文骢说，这是我出嫁时带来的一件异宝，今天可以请君一试了。杨文骢打开箱子，见是一根绳子，一把匕首。方芷生说，男儿留芳遗臭，差别就在这一刻了。两人均以身殉国。方芷生的故事远比李香君为壮烈。据说李香君听到此事后，大为感慨，曾经请侯方域为方芷生作传，而侯方域竟没有答应。对于《板桥杂记》失载的方芷生，清人陈文述有诗为赞："龙友才华旧有声，马娇玉貌亦倾城。劝郎殉国全忠义，更有当年方芷生。"并且表示了对后人遗忘方芷生的遗憾："立节须争末路名，贵阳画笔最纵横。女儿能作忠臣气，奇笔何人写芷生。"

但是要写这些人，在艺术上特别是政治上，都有其不易处理的地方。写陈圆圆，就必然要牵涉对清军入关的直接评价，牵涉对吴三桂的正面描写，特别是此时吴三桂已由满清的开国功臣，沦为"三藩之乱"的首恶。写柳如是和顾眉生，就必然要牵扯钱谦益和龚鼎孳这两位降清重臣，无法回避清王朝对他们的微妙态度，而且钱、龚二人在政坛和文坛上举足轻重的地位，也使人难以做较大的虚构。写董小宛就更麻烦，当时已经有董小宛就是顺治帝董鄂妃、顺治出家的流言，为清廷所深深忌讳。这些都是身在清王朝统治下的孔尚任无法解决的困难。

只有李香君最为合适。首先，她与侯方域们的对立面，是南明小朝廷的权奸，是南明政局的腐败，作为背景的清流士人与南明权臣的冲突斗争，不管表现得多么慷慨激昂，都属于无视大局的无谓党争，尤其是与清王朝完全无碍，甚至在某种意义上证明了明王朝灭亡的必然性和清王朝得天下的合理性。其次，侯方域虽是明朝世家子弟，但在入清后的地位卑微，先是在家乡默默隐居，无所作为，后来中了一个举人还是副榜，无论政治上还是文化上，都与钱谦益、龚鼎孳这样的巨擘无法相比，改变他的人生轨迹，可以完全不影响大局。最后，明朝晚期南京成为全国娼妓业的中心，"秦淮佳丽"声名大噪，诚如钱谦益所说，"仕宦者夸为仙都，游谈者据为乐土"，以至"笔墨横飞，篇帙胜涌"，举世称"艳"，而李香君正是最容易引起观众兴趣的"秦淮佳丽"中的魁首。

在这样的背景下，李香君结局的"看破红尘"，也就被淡化了民族情感和政治意味，而成为一种失去恋慕对象后的个人行为。

所以《桃花扇》在康熙三十八年（1699）六月一问世，尚未刊印，就得到了清朝权贵的赏识。据孔尚任自己说，"王公荐绅，莫不借钞，时有纸贵之誉"。这年秋天，忽然有宦官找到孔尚任，急要《桃花扇》。孔尚任自己的缮写本不知传到了哪个人手里，急切中在一个姓张的巡抚家中找到一部传抄本，连夜送进宫中。

据说康熙皇帝很喜欢看《桃花扇》的演出，每看到《设朝》《选优》等出，都会皱眉顿足说"弘光弘光，虽欲不亡，其可得乎"，并"往往为之罢酒"。这位皇帝老哥的着眼点，分明在戏曲的思想性。换个角度说，《桃花扇》的思想性，是得到清朝统治者认可的。

《桃花扇》因此红极一时，即使在孔尚任因故被罢官以后，北京城里上演《桃花扇》仍"岁无虚日"。有的人还特地邀请孔尚任去看演出，并让他"独居上座"，命演员轮流向他敬酒，请他评定高下。其他的宾客也朝着孔尚任指指点点，弄得孔尚任飘飘然，仿佛身在云端。由此也可以证明，孔尚任被罢官，不会是因为《桃花扇》。

历史从来只是历史学家的历史，因此也不妨将《桃花扇》看作传奇家的南明史。然而《桃花扇》真正的历史意义所在，并不在于作者"南明信史"的自矜，而是读者恰恰可以从中看出，在孔尚任生活的清代康熙年间，文人学士眼中已在变形的南明史，以及已归顺新朝的汉族知识分子的某种心态。

其实，在康熙年间平定"三藩之乱"后，所谓的"前明遗老"已失去政治上的意义，他们对于"遗民"身份有意无意地标榜，对于明末史事不能忘情的絮絮叨叨，至多只能算挽歌一曲罢了。"桃花扇底送南朝"，使遗老和贰臣们得以在酒旗歌扇之间，对于自己真实的和伪装的心理重负，从此都有了一个交待。这才是《桃花扇》在问世之际最大的"现实意义"。它在当时的大受欢迎也就不奇怪了。

孔尚任的这部《桃花扇》，虽然在戏曲史上得到与洪升的《长生殿》齐名的荣誉，有"南洪北孔"之说，但《桃花扇》在清代的社会影响，是无法与长演不衰的《长生殿》相比的。到了那一代遗老遗少，或者说那个时代变迁故事的当事人与旁观者都彻底退出人生舞台，李香君与桃花扇故事，也就随着退出了演出的舞台，《桃花扇》剧本仅仅成了某些文人案头的小摆设。

　　曾有研究者把《桃花扇》的遭受冷遇归结于清初的文字狱，未免太多想当然的成分。只要看文字狱处理中那掘骨毁尸、株连滥杀的严酷，就可以知道，《桃花扇》倘若真在清廷处置文字狱的视野内，绝不会因为仅仅不上舞台就能逃过劫难。而且《桃花扇》成书在康熙三十八年（1699），刊刻印刷在康熙四十七年，乾隆年间至少有两种翻刻本存世。乾隆七年（1742）中秋愚亭居士沈成垣在《重刊桃花扇小引》中说："《桃花扇》自进内廷以后，流传宇内益广，虽愚夫愚妇，无不知此书之感慨深微，寄情远大。所憾者刻板为云亭主人珍藏东鲁，印本留南人案头者有时而尽。后学求观不得，每借抄于友朋，芒劳笔墨。"所以他的父亲打算重印，在乾隆五年得到别人的资助，但雕版未完而其父已逝，所以由他来完成此事，打算"一印万本，流于天地，求观者无俟过费笔墨矣"。这里也透露出《桃花扇》只作为剧本流传于"南人案头"，文人所"求观"的也是剧本而不是演出。成书于乾隆五十七年的《纳书楹曲谱》中，还选入了《桃花扇》的单出。所以至少可以肯定，在清初文网最严密的康熙、雍正、乾隆三朝，《桃花扇》不曾罹入文网。而此后的禁书目录中，也都未见有《桃花扇》。

　　《桃花扇》的速兴与速衰，有其内在的原因，也有外在的原因。

内在的原因，是剧本的"有佳词而无佳调"，"通篇耐唱之曲，《访翠》《眠香》《题画》《寄扇》外，恐亦寥寥，不足动听"，这是现代曲学大师吴梅先生的评判。日本学者青木正儿先生也以为"就其音律言，仅能歌唱，未足称妙"。这自然是由孔尚任本人的不谙度曲造成的。《纳书楹曲谱》所选《桃花扇》，仅《访翠》《寄扇》《题画》三出，看似只关乎侯、李爱情，其实选家并非有意在淡化它的政治色彩，而是只有这几出"耐唱"。此后的《缀白裘》，收录乾隆年间近二百种流行剧目中的单出戏近五百出，对《桃花扇》竟连一出都没有选，《审音鉴古录》同样没有选《桃花扇》的单出，应该也是出于艺术因素而非政治因素。

顺便说一句，《桃花扇》在当代能够得到越来越高的艺术评价，也是因为当代的读者尤其是研究者中，能"唱"者几乎绝迹，而从"读"的效果来说，《桃花扇》的"宾白之妙，应对无寸毫间隙，人品性格悉数发露于言语之间，面目生动，如真见其人"（青木正儿《中国近世戏曲史》），就占了绝大的优势。文辞典丽而乏生动的《长生殿》，反要稍逊一筹。

外在的原因有二。一是后来的观众和读者，对于南明那一段史事，已经缺乏康熙年间人的那种热情和兴趣了。以切近的历史事件为题材的文学作品，几乎都会面临这样的命运：越是与史事贴近，就越能得到当时人的首肯，但也容易随着那一代人的逝去而被淡忘。二是到了乾隆末年，这"不妙"的《桃花扇》，又遇上了徽班进京后，昆曲与京剧此消彼长的大环境，其退出舞台也就是不可避免的了。

袁枚《子不语》中，有一个《李香君荐卷》的故事，说无锡人杨潮观，乾隆十七年（1752）年为乡试同考官，阅卷毕将发榜时，偶然打瞌睡，"梦有女子年三十许，淡妆，面目疏秀，短身，青绀裙，乌巾束额，如江南人仪态，揭帐低语曰：拜托使君，桂花香一卷，千万留心相助"。杨潮观惊醒后说给别的考官听，大家都当作笑话。不料杨潮观竟于一份原定落榜的试卷中，看到了"杏花时节桂花香"的句子，又几经周折，这份卷子竟取中了第八十三名举人。拆卷填榜时，才知道考生是商邱人侯元标，祖父正是侯方域。大家都认为来托梦的当是李香君，杨潮观也常常以得见李香君在人前夸耀。

这个故事是耐人寻味的。杨潮观也是一位戏曲作家，他的《吟风阁杂剧》，也被认为是适合案头阅读而不宜演出，可以想见他对《桃花扇》该是相当熟悉的。然而在这个故事中，曾经被孔尚任努力神圣化的李香君，已经完全被市俗化了，她与侯朝宗的爱情，同样也被市俗化了。

直到清代末年，《桃花扇》才再一次进入社会视野。

当时的反清志士，重新提起明末清初的那一段历史，意在以清军入关时的暴行，鼓动汉人的反满情绪，而以明末志士的抗清事迹，激励同志的抗清精神。所以他们的着眼点，主要在于明末清初野史的发掘和利用，因为人与事的密切相关，所以也会涉及"秦淮八艳"，涉及《桃花扇》。

即如反清志士周实的《桃花扇题辞》："千古勾栏仅见之，楼头慷慨却奁时。中原万里无生气，侠骨刚肠剩女儿。"以李香君的"却奁"起兴，明写其拒田抗阮，但"中原万里"一句，道破作者之深意仍在于时局，曲折地表现出反清的思想。

可以作为代表的是，梁启超对《桃花扇》的注释。这位杰出的社会活动家，完全着眼于《桃花扇》艺术真实与历史真实的距离，几乎把全部篇幅用在了重大历史事件的校订和主要人物生平事迹的校订上。在他之前和之后，都再没有人对某一部历史剧进行过如此详尽的史料依据的注释工作。我们可以说梁启超所做的，既不能算戏剧研究，也不能算历史研究，但我们也可以说，能像梁启超这样既有历史学家的底蕴，又有戏剧家才华的学者，也太少了。

大约正因为《桃花扇》"南都信史"的声名太大，梁启超才从历史的角度来读《桃花扇》，他严谨地辨析着剧本中人事的真伪，不时提醒读者"此并无本事可考"，"勿作真实观"，有时也忍不住拍案而起："既作历史剧，此种与历史事实太违反之记载，终不可为训。"对于《桃花扇》中的"诬"杨文骢为马、阮走狗，后"弃官逃走"，讹史可法南逃"沉江"

等，梁氏都表示了坚决的否定。

应该指出的是，这一次的"秦淮八艳"热，是从对明末清流的关注引发的，由"四公子""五秀才"辈，牵连到他们交好的妓女。即论妓女，也是着眼于其在反清爱国精神上与清流士人的共同点，而不是男女艳事。

然而既牵扯名妓，也就难免被人作出异样文章。最突出的是一批晚清遗老，将董小宛被掠入清宫的流言大肆张扬。易实甫将《董鄂后行状》和《影梅庵忆语》合刊，暗示两人即一人，可谓别出心裁。此后"士大夫之浮薄者"（冒舒湮语）继起"考证"，搅起一潭浑水。其旨意，诚如冒舒湮在《董小宛·后记》中所指出，是将清流士人的"气节完全溶解了，留给观众的印象只是'皇帝—名士—美人'的一段传奇似的恋爱纠纷"。后虽经冒广生"辩之甚力"，更兼明清史专家孟森考据精严，在历史学界总算澄清了这一场迷雾，而这一传说在民间却已深入人心。据说周信芳当年三出"最轰动最卖座"的戏之一，就是叙冒辟疆闯进清宫，与顺治皇帝争夺董鄂妃的《董小宛》。

曾借陈圆圆故事作《沧桑艳》传奇的丁传靖，有《秦淮竹枝词》道："旧院风流久寂寥，媚香楼畔莽萧萧。玉京琴韵湘兰画，都付秦淮上下潮。"这态度已要算豁达的了。

清末民初的"秦淮八艳"热，断断续续绵延了半个世纪，在抗日战争中再次形成高潮。抗战前期，重点在借明末志士的抗清斗争，激励抵抗日寇侵略的民族精神，如欧阳予倩曾写过《桃花扇》的京剧本和话剧本，在桂林又曾排演自己所写的桂剧《桃花扇》。而抗战后期至结束后，重点则转向借南明小王朝的腐败反动，讽刺当时的国民党统治，如翦伯赞在重庆《群众》周刊发表论文《桃花扇底看南朝》，谷斯范在上海《东南日报》连载历史小说《新桃花扇》。

然而，影射作品终究是既没有学术生命力也没有艺术生命力的。历史研究不可影射，是起码的学术道德标准。即使是文艺作品，时过境迁，后来的读者不知所指，随着影射作用的消逝，当初因影射而猎取的"轰动效应"烟消云散，作品也会如过眼烟云。这时，只有真正塑造出了文学艺术典型的作品，才有可能继续生存。就像《儒林外史》，书中人物虽然多影射历史上的真实人物，然而吸引今天读者的完全是书中的艺术形象，对于他们所指的是谁已很少有人会发生兴趣了。翦伯赞的这篇论文，后来就没有收入他的论文结集，谷斯范对于《新桃花扇》也曾多次进行大规模的删改。

一九六三年，西安电影制片厂根据孔尚任《桃花扇》和欧阳予倩话剧本《桃花扇》，改编拍摄了电影《桃花扇》。这部影片在"文化大革命"中成为批判对象，不足为奇。然而，正是这部影片在十年浩劫后的平反和重新放映，引发了观众的新一轮"秦淮八艳"热。

当然，这场"秦淮八艳"热能够"热"得起来，仅仅靠普通观众是不够的。它在主流文化界另有学术背景，那就是陈寅恪的"出土"和《柳如是别传》在一九八○年的出版。

"秦淮八艳"又一次走到了文化生活的前台。

只是这一次，是由名妓的走红连带引出她们的面首。只是这一次，既不是为了鼓吹民族精神，也不是为了讽刺反动势力。只是这一次，连"丰富人民的文化生活"也成了一个幌子。"桃花扇底送南朝"，这一次送走的是南朝的"烟水气"，迎回的是十里秦淮的"金粉"和"胭脂"。于是那些清流名士，也就随同他们相好的妓女，一无例外地被纳入了商业操作的规范。

南京是"秦淮八艳"的发祥地，"秦淮文化"似乎也少不了"八艳精神"的支撑，秦淮河畔的夫子庙，更是需要"八艳风采"的点缀。尽管作为当时身处社会最底层的人物，"秦淮八艳"的遗迹绝不会有谁刻意保留下来以供凭吊。但是，商业需求的力量是无穷的。结果就有人应运而生地"发现"了那座地处来燕桥畔钞库街三十八号的"媚香楼"，经整修辟为"李香君纪念馆"。

这座建筑最初是作为保存较好的清代秦淮河房整修的，较切实的考证结果以为其是晚清某袁姓道台的私宅。在成为所谓"媚香楼"之前，这里曾挂过"晚晴楼"的牌匾，因其时该地属秦淮区老干部局，楼名出自"人间重晚晴"的诗句。

其实真正的媚香楼旧址，也并不是什么秘密。二十世纪初，有人在石坝街河房周河厅附近掘地时，曾发现媚香楼的地界石碑，此后并经过一班学者文士的考证。名重江南的现代词社如社第七次雅集的命题，就是"限访媚香楼遗址题"，调寄高阳台，廖凤舒、石云轩、林铁尊、仇亮卿、吴瞿安、陈匪石、夏蔚如、唐圭璋、卢冀野等朝野雅士，俱有吟咏。从他们的词作中可以看出，媚香楼遗址在二十世纪三十年代已是"柳共桥湮，兰随壁坏"，"石瘦苔荒，垂杨不绾春愁"，"剩夕阳门巷歆余，阅兴亡，一角红楼，犹是儿家"。当年的妓院媚香楼本无重建的必要，有关部门不想花钱重建媚香楼也无可非议，但又要借"媚香楼"的招牌敛财，遂有意含糊其词，竟用一幢晚清官宅来误导游客。

就像桃花扇的仿制品成了夫子庙秦淮河的旅游纪念品，媚香楼以至李香君也都成了一种商业符号。较之清代末年李香君成为民族精神的符号，抗战后李香君成为政治斗争的符号，看李香君形象在近百年的演变轨迹，历史究竟是在进步，还是在退步呢？

或者只是原地踏步。

辑二

她们

莫愁湖

　　清代号称"金陵第一名胜"的莫愁湖，是因莫愁女而得名的。

　　青溪小姑人神莫辨，桃叶桃根真幻难别，而无论前人对于莫愁女的生平事迹有过多少争议，在莫愁女确有其人这一点上，应该是没有疑问的。

　　南京人真诚地热爱莫愁湖，所以也真诚地希望莫愁女是南京人。他们心目中关于莫愁女的记忆，肇始于梁武帝的《河中之水歌》。这首诗现在已刻成诗碑，镶嵌在莫愁湖中郁金堂长廊壁上：

　　　河中之水向东流，洛阳女儿名莫愁。莫愁十三

能织绮，十四采桑南陌头，十五嫁作卢家妇，十六
生儿字阿侯。卢家兰室桂为梁，中有郁金苏合香；
头上金钗十二行，足下丝履五文章；珊瑚挂镜烂生
光，平头奴子擎履箱。人生富贵何所望，恨不早
嫁东家王。

但这肯定不是现存最早关于莫愁的记载。在《乐府诗集》
中，就收入了刘宋时期无名作者的《莫愁乐》二首：

莫愁在何处，莫愁石城西。艇子打两桨，催
送莫愁来。

闻欢下扬州，相送楚山头。探手抱腰看，江
水断不流。

莫愁湖位于石城西确凿无疑，只是这诗里所说的"石
城"，被公认为竟陵郡（今湖北钟祥）的石城，而非东吴孙
权在金陵石头山上修造的石头城。问题在于，诗中所咏的主
人公莫愁，一度又被认为与梁武帝所咏的莫愁是同一个人，
有的研究者就简单地将这两位莫愁，一并归于竟陵了。

这引起了"金陵莫愁"热爱者的极大不满，奋起维权，
并且矫枉过正，反过来将《莫愁乐》中所咏的石城，也论定

为金陵。其理由也很充足："钟山龙蟠，石城虎踞，真帝王之宅也"，并非金陵人的自吹自擂，而是诸葛亮的评价，石城早已成为南京的别称，此其一；"楚山"也未必就非得是竟陵的山，金陵在战国时曾属楚，有"楚尾吴头"之称，金陵之山，即是楚山，且传说楚威王曾在金陵山埋金，以镇王气，"楚山"之名更当之无愧，此其二；六朝时长江东岸紧逼石头山上，石头城"扼江控淮"，更是瞻望长江的佳处，此其三。

双方相持不下，时至今日，这两种说法都还有人相信。

实际上，竟陵莫愁和金陵莫愁，可以肯定是两个人，因为她们不但生活的地域不同，而且所处的时代也不同。据蔡方炳《增广舆记》记载，竟陵有石城，为晋羊祜所建，汉江西有莫愁村，村中有女名莫愁，善歌舞，曾经被召入楚宫。楚是先秦列国之一，战国时期楚国都城郢即荆州江陵县，与上述莫愁村相距甚近。照此说来，竟陵莫愁应该是战国时人，而金陵莫愁则是六朝时人，两位莫愁前后相隔几近千年。

当年名叫莫愁的女性，或许还不止这两位。唐人韦庄《忆昔》诗中，"西园公子名无忌，南国佳人字莫愁"，就是一种泛指。但我相信至少《河中之水歌》中的莫愁女是属于南京的，因为诗中铺叙的莫愁故事，完全是一个平常女性的经历，劳作，出嫁，生子，丰衣足食，偶尔也会浮动小小的情感涟漪，没有大起大伏大波折，没有木兰从军的雄豪，没有英台殉情的决绝，没有焦仲卿妻的悲凄，也没有竟陵莫愁入楚王宫的荣耀。而这正是南京人的本色——在不动声色的平平常常中，领略生活的真谛。

直到清代吴敬梓写《儒林外史》，最后用来做结束的几位市井奇人，依然保持着这种风格。

还想说明的一点是，梁武帝的一句"洛阳女儿名莫愁"，让后人都以为莫愁是从洛阳远嫁金陵的。实则南北朝时，中原战乱频仍，士族多移居江南，只是为了表示不忘故土，喜欢在姓氏前标榜故里，比如王家子弟就一定称"琅琊王氏"，谢家子弟一定属"陈郡阳夏"。所以，莫愁女很可能就是客居金陵的洛阳人家之女，她所嫁的卢家，同样也是移居金陵的中原望族。

谁也说不清那位早年博学多才而晚年一心向佛的皇帝，怎么会想到歌咏这样一位南国佳人。比较而言，应该说在他早年参加"竟陵八友"活动时写作的可能更大。这就又说到竟陵上面来了。不过"竟陵八友"只是南朝齐时被封为竟陵郡王的萧子良倡导的文学社团，除此之外与竟陵并无关系，他们的活动地点就在金陵，可以肯定没有去竟陵地区采风或"深入生活"的情节。因而这并不能为莫愁是竟陵女子增添什么证据。

竟陵的莫愁女，好像就只留下了那样两首乐府诗。前些年我到竟陵去，景点里连续播放的歌曲，就是音乐家为南京莫愁湖创作的《莫愁啊莫愁》。而金陵的莫愁女，却被历代的文人学士念念不忘的，做出无其数的诗文来。

李商隐的《无题》诗，"重帏深下莫愁堂，卧后清宵细细长。神女生涯原是梦，小姑居处本无郎"，以青溪小姑与莫愁并举，张耒《赏心亭》诗，"楫迎桃叶家何处，桨送莫愁人已非。独立东风今古恨，春江无语又斜晖"，以桃叶与莫愁相对，无疑都是以莫愁为金陵掌故。

《河中之水歌》的最后两句，颇能发人遐思。全诗叙述莫愁的身世生活，至此陡然一转，发出了"人生富贵何所望，恨不早嫁东家王"的慨叹。有的研究者以为这两句只是诗人的感慨，就像当代一些模式化的散文，在结尾必定要"点题"，表现出"思想意义"一样。但更多的诗人理所当然地将这当成了一种闺怨，"虽处富贵，欢会实稀"。

沈佺期以为这是由于卢家郎的远戍："卢家少妇郁金堂，海燕双栖玳瑁梁。九月寒砧催木叶，十年征戍忆辽阳。白狼河北音书断，丹凤城南秋夜长。谁为含愁独不见，更教明月照流黄。"

李贺则以为是由于卢家郎的冶游："青丝系五马，黄金络双牛，白鱼驾莲船，夜作十里游。归来无人识，暗上沉香楼，罗床倚瑶瑟，残月倾帘钩。今日槿花落，明朝桐树秋，若负平生意，何名作莫愁。"

唐代的诗人们，甚至将"恨不嫁与东家王"一句，坐实到王昌头上。上官仪有言："南国自然胜掌上，东家复是忆王昌。"元稹道："莫愁私语爱王昌。"李商隐诗："本来银汉是红墙，隔得卢家白玉堂。谁与王昌通消息，尽知三十六鸳鸯。"韩偓说："王昌只在此墙东。"王昌在古代是一个常见的姓名，汉、晋、南北朝史有明载的就不下十人，与传说中的莫愁时代相近的一位，也是南北朝人，他的父亲在北魏的京师，而他的母亲生活在吴地，《襄阳耆旧传》中有传："王昌，字公伯，为东平相散骑，早卒。"莫愁与王昌之间，会不会发生什么动人心魄的故事，从这一点蛛丝马迹中，是无从考据的了。况且，就算真有这样的故事存在，也应该是六朝人更为清楚，轮不到唐代人来发现。再联想到唐代兴起的传奇中，不乏真人伪事的编造，对于这些大诗人藏头露尾的只言片语，也只能姑妄听之，认真不得的。

有人以为莫愁女的声名远播，与莫愁湖的风景佳绝不无关系。湖以人传，人以湖传，相辅相成，相得益彰，这当然不无道理，但只说对了一半。因为，从六朝迄唐、宋，金陵城西是并没有一个莫愁湖的。当年长江之水，直逼石头城下，莫愁湖所在之处，尚是一片汪洋。否则就不会有李白的"三山半落青天外，二水中分白鹭洲"，也不会有刘禹锡的"山围故国周遭在，潮打空城寂寞回"。

"莫愁家住石城西，月坠星沉客到迷。一院无人春寂寂，九原何处草萋萋。香魂未散烟笼水，舞袖休翻柳拂堤。兰棹一移风雨急，流莺千万莫长啼。"晚唐吴融的这一首《和人有感》，仍然通篇只有莫愁女而并无莫愁湖。"烟笼水"典出杜牧《泊秦淮》的首句"烟笼寒水月笼沙"，可见当时人是将莫愁的"兰棹"与秦淮河相联系的。宋人贺铸的《变竹枝》："北渚芙蓉开，褰裳拟属媒。但闻竹枝曲，不见莫愁来。"诗中明说"北渚"，也就是今天的玄武湖。徐照的《莫愁曲》："莫愁石城住，今来无莫愁。只重石城水，曾泛莫愁舟。""石城水"亦不过是泛指。直到南宋，壮怀激烈的词人到南京城西访旧怀古，仍不过是在石头城上望风樯听涛声，或在赏心亭中拍栏干看吴钩。

莫愁的小艇，想来难以在大江中弄潮。

北宋时期的极寒枯水，致使江中洲渚淤积日甚，渐与江岸相衔，到元、明之际，"二水中分"的白鹭洲完全消失，长江水道被迫大幅西移，低洼处才形成了金陵城西这一串明珠般的湖泊。因为早就有了"莫愁家住石城西"的名句，紧邻石城门（今汉西门）的湖，就被叫响了莫愁湖的名。

莫愁湖之名首次见于文献记载，已是明代中期，正德《江宁县志》卷二载："莫愁湖在县西，京城三山门外。莫愁，卢氏妓，时湖属其家，因名。今种芰荷，每风动，香闻数里。"湖的得名自应在入志之前，湖的形成更应在得名之前，说莫愁湖形成于元、明之际，当不会有太大的出入。南京民间传说，明太祖朱元璋和徐达在湖畔酒楼下过棋，那一盘棋大约可以肯定是徐达赢了，所以朱元璋把这湖整个赐给了徐达，徐氏后人因此建有胜棋楼，这恐怕只能姑妄听之。莫愁湖邻近的三山门、石城门，当时都是重要的交通节点，繁华商市，湖畔茶楼或有之，但胜棋楼云云，则可以肯定是明代中期，徐氏后人为霸占莫愁湖为私家园林而编造出来的。清人《莫愁湖志》中说，因湖畔建有中山王别墅，所以在明代"游屐罕至"。

有些城市里，风景名迹，只要一同帝王将相沾上边，就立马高攀改名，南京人就绝不会有这种心思。诗人们也从来没把徐达看得比莫愁女更重。"江南好，到此莫须愁。山色湖光归一览，英雄儿女各千秋。吟眺好登楼。"张汝南的《江南好》中，只肯让英雄与美人平分秋色。郁葆青的《莫愁湖》，对平分都不满意，还决心要为蛾眉一争"主权"："莫愁湖傍胜棋楼，湖净楼空陈迹留。万里山河争一着，六朝粉黛自千秋。英雄霸业垂青史，儿女柔情付碧流。毕竟此湖谁作主，蛾眉不肯让王侯。"

莫愁湖园林建筑的出现更晚，初创于清代乾隆年间。据嘉庆年间马士图《莫愁湖志》记载，乾隆癸丑年（1793），山阴人李尧栋（松云）来任江宁知府，"公余多暇，往来莫愁湖上，辄称为金陵第一名胜，惜其倾颓，捐俸为建郁金堂三楹，又于堂西补筑湖心亭，杂植花柳，以仍其旧"。马士图也是一位好游山玩水的人，曾按图索骥，比照着明代朱之蕃"金陵四十景图"一个一个跑下去，结果是"于山惟爱栖霞之高深，于水独爱莫愁之幽旷"，他把莫愁湖与杭州西湖相比，以为莫愁湖近对清凉山，好比西湖之有葛岭，但莫愁湖"更添江北诸峰，青来九里，练光帆影，隐现林梢"，就有过之而无不及了。诚如杭州人而移居金陵的袁枚所说："但觉西湖输一着，江帆云外拍天飞。"

这也就说破了莫愁湖风光的特点，不仅于本身的幽雅，尤在于四围的旷观，"一景之内又能收八景"，故而在明人金陵四十景中，以"莫愁旷览"闻名。这八景在明代就已有名目，分别是"钟阜晴云""石城霁雪""清凉环翠""冶麓幽栖""秦淮渔唱""报恩塔灯""雨花闲眺""牛首烟峦"，正是余宾硕所谓"四面云山入画图"。

清代道光年间的汤锦，也有一首竹枝词，说此佳处："一舸轻携出石头，看山争上胜棋楼。楼前一样湖中水，赢得芳名唤莫愁。"

当然莫愁湖自身的景致，也绝不让人。"澄波清澈，素气如云，弱柳映堤，丝杨被浦"，湖南岸的郁金堂、胜棋楼、华严庵、湖心亭，沿湖的茭瓜塘、渔村、鸭栏，以至石城渡口、隔江远山，无不如画，尽皆入诗。仅郁金堂中，清人就编排出八景："波镜窥容""月梳掠鬓""山黛描眉""莲粉凝香""莺簧偷语""柳丝织恨""秧针倦绣""燕剪裁绮"，并各各有诗为证。

此时的莫愁湖，被誉为"金陵第一名胜"，也就不能说是浪得虚名了。

今天的莫愁湖，虽然名声不及东郊的钟山风景区，但若要看水，仍以此地为佳。南京的风景区多有大水面，但很少有能调理到莫愁湖这样的。湖中的碧莲，湖岸的烟柳，都给人恰到好处的感觉。莫愁湖里的莲藕和鸡头米，曾经是南京人得意的小零食，现在的年轻人，只怕很少能识得鸡头米了。就是大学中文系的学生，大约也只在安禄山与杨贵妃调情的情节中，注意到这种水生植物的果实。然而无论春夏秋冬，煦风烟雨，二三好友在莫愁湖中走一走，看一看，随便在哪里站一站，坐一坐，都会很适意，既能享受自然的气息，与日常生活又很贴近。不像玄武湖，进了那个过于庄严的大门，就鲜明地知道自己是在公园里了。

当代莫愁湖景观的最大损失，一是因为空气污染的日甚一日，能见度大大降低，江北诸山几乎已完全隐入烟霭雾霾之中。寒舍西窗正对莫愁湖，可以说亲历了这个变化的过程。二〇〇二年春天南京连续阴雨数十天，五月十五日忽然放晴，天青如碧，莫愁湖西北一线天边，竟现出一望青山，湖山相映，格外妖娆，有幸得见的人都大感意外。然而此后十余年，再没有这样的幸遇。二是沿湖建筑布局，全无规划设计，任由开发商随心所欲，竟将莫愁湖团团围困，被忍无可忍的南京人讥为"洗脚盆"。短短十余年间，莫愁湖迅速丧失了其景观的最大特点，就连近在咫尺的清凉山、石头城、冶山都不可见，更不要说紫金山、雨花台了。举头见楼宇，放眼皆水泥，再向何处说"旷览"。

欣赏莫愁湖的，当然不止于南京人。古往今来，莫愁湖诗文不胜枚举，明代以前专写莫愁女，明代以后不但多出一个莫愁湖，又多出了一个徐达。英雄美人，更是中国文人所热爱而擅长的题材。滥竽充数的南郭先生、道貌岸然的说教冬烘，自不可免，但其中也确有好诗佳句。

编选《金陵四十景图考诗咏》的朱之蕃，有《莫愁旷览》诗："漫将西子比西湖，卢女声称擅帝都。胜境因人传往事，澄波生色写山图。虚亭杰阁堪舒抱，白月青樽可共娱。听取莫愁愁尽遣，直须渔艇隐菰蒲。"

修建郁金堂、湖心亭的李尧栋，有咏郁金堂诗："乐府谁家唱阿侯，洛阳风景逊昇州。生憎湖水千年碧，只洗繁华不洗愁。"也有咏莫愁湖诗："百顷澄塘镜面平，远峰都学画眉横。湖山如此谁消受，合让千秋佳丽名。"

《儒林外史》中牛布衣的人物原型朱草衣也有一首《莫愁湖》诗："一水盈盈碧，知名自莫愁。春波明匣镜，新月漾帘钩。鸥影沙边路，箫声柳外楼。美人在何处，青草满芳洲。"

清八大诗家之一的宋琬有《江南曲》："白苹吹满莫愁湖，轻雨轻寒乍有无。翡翠帘栊春不卷，数枝杨柳已藏乌。"他另有一首《忆秦娥·莫愁湖》，可与此诗共读："朱栏畔，莫愁娇小曾相见。曾相见，翠蛾羞敛，半遮团扇。　　画梁依旧巢双燕，藏鸦几度垂杨换。垂杨换，桃花临水，那时人面。"

桐城女史方曜《秋日同兄妹游湖上作》："底须日日说工愁，但见明湖愁即休。芳草绿侵堤畔路，夕阳红上水边楼。旧题诗处笺无恙，谁奕棋时局未收。莫负清游频徙倚，西山爽气作新秋。"

到了清末，张之洞来作《金陵游览诗》时，面对不胜枚举的莫愁湖诗，唯恐难脱旧套，索性将翻案文章，直从梁武帝作起："萧衍黠老公，艳体托丽人。制为莫愁曲，歌者颊生津。遂令石城水，曼腻娇千春。将柳作腰肢，以山当眉颦。六代迄弘光，海枯湖不湮。颠倒满城客，仿佛游洛滨。可叹游观末，亦罕真赏存。了无川屿媚，一勺安足珍。白雨忽飞洒，水草生精神。明镜顿如拭，一洗金粉尘。"他认为萧衍假托佳人莫愁，实写的就是莫愁湖，遂使此湖名扬千古。张之洞毕竟是开一代风气的人物，看重的是莫愁一湖风光，相比之下，前人争论不休的莫愁女的存在与否，已属无关紧要。

鲁迅先生也有一首《无题》诗，咏及莫愁："雨花台边埋断戟，莫愁湖里余微波。所思美人不可见，归忆江天发浩歌。"这大约也就是莫愁湖的绝唱了。

莫愁湖中有几幅楹联，做得也着实不坏。如"烟雨湖山六朝梦，英雄儿女一枰棋"；"于此间得少佳趣，微斯人吾谁与归"；"湖水本无心，问如何千古英雄，只许一楼分黛色，佳人真绝代，看多少六朝金粉，更谁此地斗蛾眉"。清人曾专门雕版印刷过一本《莫愁湖楹联便览》，那已是莫愁湖遭太平天国劫火，得曾国藩重修之后的事了。湖中因此增建了一座曾公阁，在美人、英雄之外，又添了一位名臣。书中收入了王闿运那副惹出麻烦的名联，不过也是经修改之后的了："莫轻他北地燕支，看画艇初来，江南儿女生颜色，尽消受六朝金粉，只青山无恙，春时桃李又芳菲。"据说上联的尾句原来是"江南儿女无颜色"，结果引起了江南文人的公愤，不得不改成现在的样子。至于意思上弄得不通了，却没有人去管它，因为那只丢作者的脸面。南京的文人像这样为家乡的事务拍案而起，是非常难得的。或许也因为这对联正挂在莫愁湖上，好像美人面上的一点污垢，不能不令人格外地难以容忍——他们好像完全没有想到，这"美人"却正是乘画艇而来的那位"北地燕支"。

长干行

长干里，在某种意义上说，是唐人诗歌塑造出来的金陵胜迹。

最著名的自然要算李白的《长干行》：

妾发初覆额，折花门前剧。郎骑竹马来，绕床弄青梅。同居长干里，两小无嫌猜。十四为君妇，羞颜未尝开。低头向暗壁，千唤不一回。十五始展眉，愿同尘与灰。常存抱柱信，岂上望夫台。十六君行远，瞿塘滟滪堆。五月不可触，猿声天上哀。门前迟行迹，一一生绿苔。苔深不能扫，落叶秋风早。八月胡蝶来，双飞西园草。感此伤妾心，坐愁红颜老。早晚下三巴，预将家书报。相迎不道远，直至长风沙。

同时代的诗人李益也写过一首《长干行》：

忆妾深闺里，烟尘不曾识。嫁与长干人，沙头候风色。五月南风兴，思君在巴陵。八月西风起，想君发扬子。去来悲如何，见少别离多。湘潭几日到，妾梦越风波。昨夜狂风来，吹折江头树。淼淼暗无边，行人在何处。北客真王公，朱衣满江中。日暮来投宿，数朝不肯东。好乘浮云骢，佳期兰渚东。鸳鸯绿浦上，翡翠锦屏中。自怜十五余，颜色桃李红。那作商人妇，愁水复愁风。

两首诗意旨相同，都是抒写长干里少妇对远行经商夫君的思念。更为脍炙人口的是前一首，诗里写的是一位无名的金陵女儿，正因为她无名，故而可以肯定是存在过的。长干里的这一位无名少妇，从此成为南京文化史上不可忽略的人物。

住过旧式院落的人，都会有这样的经验：邻居家的小女孩，昨天好像还在花前扑蝶、桌下弄猫；今天已经出落得亭亭玉立，带露含羞；明天早晨，接新娘的花车没准就会在门前捺响喇叭。我们可能已叫不出她的名字，但记忆的片断却会时时浮现在脑际。李白以女性口吻所做的描述形象生动，让千余年来的一代代读者穿越时空隧道，仿佛也成了唐代长干里的居民，成了这位无名少妇的邻人和朋友，分享着她的喜乐哀愁，甚至愿意陪伴她沿江上溯七百里，到水流湍急的长风沙去迎候她的夫婿。

她给中国文学提供的典型意义，也是多方面的。

首先，"青梅竹马""两小无猜"成了中国人描绘少男少女天真无邪交往时使用概率最高的成语。由此也可以看出，旧时文人对于这首诗的重视，多半是放在前一部分的。

其次，商家少妇的离愁闺怨。诗人抒写"同居长干里，两小无嫌猜"的青梅竹马，正是为了衬托商家女眷对爱情生活的美好向往。

提起这一点，人们往往会想到白居易的《琵琶行》。然而浔阳江头的商人妇，是饱经风霜后期盼安定生活的女性，斑驳的身影和斑驳的情绪，给人以薄暮的悲凉。长干里少妇的闺怨则完全不同，那是一种清纯少妇对美好生活的思念，虽对未来有所担忧，但仍不失希望和勇气，是一种明朗清亮的基调。读李白的《长干行》，绝不会让人泪湿青衫。这也可以看作李白与白居易作品风格以至生活态度的差异所在。

中唐时期生活在南京的女伶刘采春，唱过一首庶几近之的《望夫歌》：

不喜秦淮水，生憎江上船。载儿夫婿去，经岁又经年。

在商业大潮的裹挟下，"夫婿"的离去已经是势在必然，也只有夫婿的暂时离去，才会有将来的安乐生活。明白这一点的少妇，只肯迁怒于将其夫婿载去的"秦淮水"与"江上船"，而不忍责备"见少别离多"的夫婿。

清人李天馥的一首《江上竹枝词》，有异曲同工之妙："大长干上日欲低，小长干上乳鸦啼。门前春潮太无赖，轻送归帆又向西。"还是"归帆"，就已被"无赖"春潮又送上了西行的旅途。

第三，近代已有研究者注意到诗中导致离愁闺怨产生的原因，即唐代金陵人的商旅生涯。中华民族固然是一个十分重视历史的民族，但却是一个过分重视政治史而过分忽略经济史的民族，文人自不例外，所以过去的研究者很少从经济因素着眼。其实最值得重视的，恰恰是长干里人溯江涉海广行商贸的传统，恰恰是这块土地上曾经滋生出的商业繁荣。六朝终结，隋、唐时期的金陵，失去王朝帝都辉光的遮蔽，它的商贸繁盛才会凸显出来，受到诗人墨客的关注，且被视为那个时代的新潮。所以唐人的诗歌中，长干里几乎成了南京的代词。

在此基础上，也孕育产生了新兴的市民文化。乐府《杂曲歌辞》中的《长干曲》，就是源于长干里的民歌。可以作为代表的，是崔颢的一组《长干曲》：

> 君家何处住，妾住在横塘。停船暂借问，或恐是同乡。
>
> 家临九江水，来去九江侧。同是长干人，生小不相识。
>
> 下渚多风浪，莲舟渐觉稀。那能不相待，独自逆潮归。
>
> 三江潮水急，五湖风浪涌。由来花性轻，莫畏莲舟重。

这里透露出的重要信息，是长干里人的经商活动，已经达到了这样的程度：一是许多人长年在外，以至邻里竟不相识；二是长干里人在商贸队伍中的分布之广，长江之中两船相遇，就可能有同乡相会，颇有后世"无商不徽"的气势。实际上，唐代"扬一益二"所指的扬州，就是以金陵为中心的大扬州，而非小广陵。

张潮的《长干行》，更为我们描绘出这种商业大潮下商人妇的矛盾心理：

> 婿贫如珠玉，婿富如埃尘。贫时不忘旧，富

贵多宠新。妾本富家女，与君为偶匹。惠好一何深，
中门不曾出。妾有绣衣裳，葳蕤金缕光。念君贫且
贱，易此从远方。远方三千里，发去悔不已。日
暮情更来，空望去时水。孟夏麦始秀，江上多南风。
商贾归欲尽，君今尚巴东。巴东有巫山，窈窕神
女颜。常恐游此山，果然不知还。

她变卖自己心爱的衣裳为夫婿筹集经商的资金，可是夫
婿远行后，她又后悔不已。

长干里，更是商业经济孕育出的金陵胜迹。

长干里，是南京城南部的一片里坊。

干，《辞海》中说是河岸、水畔的意思，在江东方言中
指山冈之间的平地。长干作为金陵地名，指的是秦淮河以南、
长江以东，凤台山、越台至雨花台一带丘陵间的平地，有小
长干、大长干、东长干之分。大致的位置，小长干在凤台山
与越台之间，大长干在越台与雨花台之间，东长干在凤台山
以东。

长干里是南京城市的源头。南京的第一座城池，相传由
越国范蠡所筑的越城，就在长干里，直到明清之际，遗迹犹
存，那一片高地，人称越台。越城的周长不过二里十八步，
其实只是一个驻军的据点，也就是本来意义上的"城"。住
在那"城"里的，是越国的占领军。在越城时代，南京的居

民并不住在"城"里，而是住在"城"外的秦淮河南岸，从而在那里形成了南京最早的"市"。

"城市"这个词，已经被人们用得太熟，以致很少有人还记得它的本来意义。其实"城"与"市"本是两个不同范畴里的概念。"市"的本义是交易行为，引申为交易的场所；而"城"则是出于政治或军事需要所设置的墙垣，后来才引申为墙垣内的区域。只是由于长达数千年的封建社会，对于经济特别是商业活动，始终持鄙夷态度，"城市"这个词的意义才完全偏到了"城"的一边。

东吴建都南京，孙权已在凤台山麓设立"大市"。这大市与同时所立的东市、稍晚的北市、秣陵斗场市，应该都是一种市场管理机构及征税机构。而大市所管理的，应该就是小长干商区。当时的长干里，不仅是繁华的商业区，也是高级官僚的住宅区。《三国演义》中孙策临终交代孙权"内事不决，可问张昭；外事不决，可问周瑜"，这位东吴重臣张昭，就住在长干里，张家门前有桥，时称张侯桥。东吴大将陆逊的孙子陆机、陆云弟兄，都是著名的文学家，未入晋前也住在小长干。应召去洛阳的陆机，还写过怀念故居的《怀旧赋》。

西晋左思《吴都赋》中，有对长干里一带繁华景象的描绘："横塘查下，邑屋隆夸，长干延属，飞甍舛互。"同时人刘渊林的注文说："横塘、查下，皆百姓所居之区名。江东谓山冈间为干，建邺之南有山，其间平地，吏民居之，故号为干，中有大长干、小长干，皆相属。"

　　孙权着力经营大市，并不止于简单地设立一个管理机构。"横塘、查下"可以说是他所建设的配套工程。《建康实录》中说到，"古来缘江筑长堤，谓之横塘。淮在北接栅塘，在今秦淮逗口。吴时夹淮立栅，自石头南上十里至查浦"，石头指石头城，查浦就是查下，其位于石头城南十里，则正当小长干巷一线。当时长江直逼石头山下，沿长江东岸筑堤，目的是防止江水侵袭岸上的繁华商市，因其位于秦淮河南，又称南塘。

　　在蒸汽机车进入中国之前，船舶是最重要的交通和运载工具，古代的中国城市都是傍水而建，很大程度上就是出于交通上的考虑。所以，江河港口首先成为商业和经济中心，也就不奇怪了。六朝时的长干里人，驾船经商，不但沿江上下，而且扬帆出海，北到辽东半岛、朝鲜、日本，南到南洋群岛。东吴船队抵达台湾，是两岸往来载入正史的最早记录。

　　南塘久已是商业繁华之地。《世说新语·任诞》载："祖车骑过江时，公私俭薄，无好服玩。王、庾诸公共就祖，忽见裘袍重叠，珍饰盈列。诸公怪问之，祖曰：'昨夜复南塘一出。'祖于时恒自使健儿鼓行劫钞，在事之人亦容而不问。"祖车骑就是以"闻鸡起舞"出名的祖逖，他在西晋末年率众到江南投奔琅琊王司马睿，竟公然纵容部下兵卒到南塘抢掠。而王导、庾亮这些当政的人，因为要利用他的军事力量，知道了也不过问。

隋、唐两代，为了破解"金陵王气"，在行政上对南京的地位大加贬抑，建康城内一片萧条。不再受到政治中心的遮蔽，长干里的经济优势才会凸显出来，为诗人墨客所关注。同时，在政治上完全失去发展前途的南京，基于其优越的自然地理条件和原有的经济基础，在大一统的王国之中，商业贸易也得到长足的发展。唐代"扬一益二"中的扬州，实际上仍是指以南京为中心的区域。商民聚居的长干里，更成为繁华的商业贸易中心。只是因为唐代采取禁海政策，长干里人经商只能从江之尾到江之头，远溯湖北、四川。有着商业家庭背景的李白，对于商人的生活与情感自有特殊的敏感，而且他又有着沿长江上下的丰富旅行经验，故而能够创作出《长干行》这样的名篇。

在唐代名重一时的长干里，到宋代却已成为历史地名，现实生活中少有人提起。后人的解释，多说长干里在南唐建城时被隔在城墙外，宋、元以后长江江岸西移，又失去了交通便捷的优势，所以渐趋衰落。清人赵启宏的一首《长干竹枝》，写的就是这种变化："大长干接小长干，却被城垣隔瓦官。近日江流西去远，鹭飞何处认沙滩。"

实际上，唐人笔下的长干里，主要指凤台山麓的小长干里与东长干里，大都被包入了城垣之内。但是由于城墙的阻隔，长干里失去了交通便捷的优势，龙光西门和南门成了新的交通道口，也成了新的商业集散地。长干里的盛名，便是在这变化中被消解了。

宋代以后的长干里诗，诗人们仁者见仁，智者见智，然而不是沉醉于少男少女的青梅竹马，就是沉溺于独守空闺的少妇怨艾，甚或借长干里的闺情抒自己的块垒。因为诗人们已经看不到孕育产生这一切的商业环境了。

杨万里有一首名作，《寒食前一日行部过牛首山》，经常为南京或热爱南京的人们所引用："出了长干过了桥，纸钱风里树萧骚。若无六代英雄骨，牛首诸山肯尔高。"强敌环伺和战火纷飞，使得诗人的兴奋点更多地转向了灾难与英雄。杨万里先生昂首挺胸走出中华门，长干里根本就没有引起诗人的注意。

当然，在以长干里为题的诗篇中，也还会有佳作出现。清初的朱彝尊，是一位聪明的诗人，在《卖花声·雨花台》里，他没有落套地怀古，而致力于眼中所见的城垣之外的景象：

　　　衰柳白门湾，潮打城还。小长干接大长干。
歌板酒旗零落尽，剩有渔竿。
　　　秋草六朝寒，花雨空坛。更无人处一凭栏。
燕子斜阳来又去，如此江山。

郑板桥的《长干里》，则是城内凤台山麓云锦匠户的生活写照：

> 墙里开花墙外见，篱门半覆垂杨线，门外春流一派清，青山立在门当面。老子栽花百种多，清晨担卖下前坡，三间古屋无儿女，换得鲜鱼供阿婆。缫丝织绣家家事，金凤银龙供天子，花样新添一线云，旧机不用西湖水。机上男儿百巧民，单衫布褐不遮身，中原百岁无争战，免荷干戈敢怨贫。

他毕竟做过务实的基层干部，所以能看出新的生产方式与生存状态。

也有人仍在描写长干里的离愁别绪，清初的朱廷铉，写过一首竹枝词："去年扬子渡头别，今日浔阳江上回。免得愁风更愁水，龙王庙里炷香来。"比他稍晚的姚范，也有意思相类的竹枝词："杨柳春风拂小楼，楼前终日看行舟。悠悠一道秦淮水，送尽离人到白头。"大约还是拟古的成分多一些。

同样，少女情怀也不是不能写。顺治年间的进士李天馥，就写下了这样一组清新可喜的《江上竹枝词》：

单衫女儿鬓如油，双髻阿侬新上头。笑语看人全不避，几番错指木兰舟。

象牙簪子白如银，藕色衫儿稳称身。小立庙前看胜会，只教狂杀往来人。

不爱缕金双凤钿，不爱珠珥直数千。门外朝朝茉莉过，愿郎常给买花钱。

张爱玲曾说："能够爱一个人爱到问他拿零用钱的程度，那是严格的试验。"看来这并不能算张的发现。至少长干里的金陵女儿，已经在用着这法子，而李天馥先生就已经记录下来了。

长板桥

　　在中国的文化传统中，女性从来就是被排斥在社会生活以外的，她们"大门不出，二门不迈"，其天职，说得冠冕些，是"相夫教子"，说得刻薄些，就是充当男人的性交对象和家族的生育机器。抛头露面对于女子，即使出于迫不得已，也是一种羞耻。千百年来，无数女性默默无闻地走完了自己的人生途程，有的到死连名字都没有。女儿照例不载入娘家的家谱；而婆家的家谱中，也只是在丈夫的名下，有一个"妻某氏"的说明。有幸进入文字记载的女性，除了"妻以夫贵""母以子贵"者外，大约就只剩下了这样两种人：一是遭逢乱世的贞女节妇，一是将入乱世或粉饰盛世的倡优歌妓。

钦定的正史和官修的方志里，都少不了浩浩荡荡的"列女传"，其事迹则多简略类同，而且过于庄严肃穆，读来令人生一种难以言诉的压抑。时至今日，除了专门的研究者，恐怕很少有人会再去细看。

倒是诗文笔记中关于倡优歌妓的描述，无不绘声绘色，一波三折，引人入胜，其结果是导致了读者对"妓文化"的浓烈兴趣。关注参与者既多，必然使其发展更为丰富，就像滚雪球一样越裹越大。"妓文化"由此成为中国文化中不可轻忽的一支。

明遗民余怀的一本《板桥杂记》，为"妓文化"开创了一个全新的局面，就像司马迁的《史记》为中国史书开创了一种新体例一样，"板桥体"也被推崇为妓文化史的经典体例。从《续板桥杂记》开始，中国文化中出现了一串长长的"板桥系列"。关于南京的，就有《秦淮画舫录》《画舫余谭》《白门新柳记》《白门衰柳附记》《板桥杂记补》等。全国各地就更多了，如苏州的《吴门画舫录》并《续录》；上海的《花国剧谈》《海上花列传》《海陬冶游录》并《附录》《余录》；扬州的《扬州画舫录》《雪鸿小记》《竹西花事小录》；北京的《燕台花事录》《帝城花样》《怀芳记》《京华春梦录》；广东的《珠江名花小传》，《潮嘉风月记》等，不一而足。

南京因此在"妓文化"的发展史上，占据了举足轻重的地位。

《板桥杂记》的命名，得自于南京夫子庙前的长板桥。

至少在明代初年，夫子庙秦淮河南岸，直至今天的白鹭洲公园一带，多还是洼地沼泽，中有水道相通，以渡船往来。自桃叶渡至武定桥，人或于高爽处建楼阁庭院，其间有板桥相衔接。明初安置官妓的教坊司，就在武定桥东钞库街左近，所以俗称那一带为"旧院"。旧院与秦淮河北岸的江南贡院遥相对应，形成了夫子庙一带独特的景致。

明万历年间探花顾起元《客座赘语》中说，直到万历十年（1582）前，旧院仍"房屋盛丽，连街接弄，几无隙地。长桥烟水，清泚湾环，碧杨红药，参差映带，最为歌舞胜处"。但到了万历末年，旧院房屋已半行拆毁，"歌楼舞馆，化为废井荒池"。

明人柳应芳《金陵竹枝词》中同样透露了此中消息："御前队子小梨园，长奉千秋万岁欢。一自武宗巡幸后，可怜跳与外人看。"明武宗南巡，是正德年间的事情，此后直到崇祯末年，再没有皇帝来过南京。"旧院后门春草新，前门又听叫官身。卢姬已嫁徐娘老，歌舞行中有几人。"万历后期在南京礼部任职的钟惺评说此诗道："明神宗时，金陵曲中种种秘密，非老于冶游人，不惟不见，亦不闻也。"以为保存柳氏此诗，也是"存曲中一佳丽也"。

清康熙年间诗人彭椅曾有诗记旧院盛衰，先说正德、嘉靖年间："旧院歌楼三百春，风月莺花难尽记。记得城南淮水旁,善和坊对大功坊。文德桥头对南巷,鹫峰寺侧转西厢。
西厢南巷皆香陌,踏成满路胭脂迹。青楼到处可停车,朱户
谁家不留客。客来江上尽王孙,一望平康即断魂。"大功坊
即徐达府第,在今瞻园路一带,文德桥在夫子庙前,鹫峰寺
在白鹭洲公园东北角,由此可知当时旧院的大致方位。"当
时红板桥边路,络绎香舆织烟雾。只听日日弄银筝,尽说家
家拥钱树"。到了天启、崇祯年间,"彩云化去百年中,旧院
楼台倏已空。忍教回首蘼芜径,莫结同心松柏丛。西陵松柏
何从问,巷改乌衣为马粪。落花还听鹧鸪啼,横塘久散鸳鸯
阵。非徒旧院最伤心,火内离宫不可寻"。诚如周在浚在《金
陵古迹诗》中所说:"风流南曲已烟消,剩得西风长板桥",
冶游者只能"却忆玉人桥上坐,月明相对教吹箫"。

然而旧院的衰败,并不代表娼妓业的衰退,继之兴起的
是规模更为宏大的私娼业。有研究者认为,正是私娼业的兴
盛,导致了官妓业的衰败。娼妓业的私营战胜官营,或许也
可以算当时资本主义萌芽的表现之一。

同样是出于"业务"需要,晚明私娼,仍多聚集于长板
桥教坊司旧址周围。

妓院依傍贡院,并不是为着"附庸风雅",而是看准了
南来北往的应试士子是她们最适宜的经营对象。南京贡院在
明代是应天府乡试考场,清代是江南省乡试考场,正是中国
读书风气最浓的地区,考生数量之多名列全国前茅,常在两

万人上下。虽说科考三年一度，在该年的八月举行，但外地考生只要经济条件允许，多在半年一年前即到南京复习备考：一则可以读到"马二先生"们选评的墨卷，相当于科举辅导材料；二则可以通过考生间的交流切磋提高应试能力；三则可以向南京的众多前辈名流讨教。考试结束发榜后，家庭富裕的考生往往也要滞留南京一段时间，考中的宴游欢庆不必说，没考上的也要放松一下紧张过度的身心，总结考试失败的教训。这一提前一滞后，待在南京的时间往往将近一年。更有财力雄厚的考生，考不取也不回家，长年居住南京，一科接一科往下考。这一大批人的学习、居住、饮食、交际、娱乐需要，造就了贡院周边的科举服务行业，三山街、状元境的书坊兴盛，夫子庙茶酒楼的繁华，秦淮小吃的精雅，皆由此而生。当然，也少不了长板桥下的娼妓业，包括"秦淮八艳"。

余怀在《板桥杂记》中，这样描绘当年长板桥的景致："长板桥在院墙外数十步，旷远芊绵，水烟凝碧，回光、鹫峰两寺夹之，中山东花园亘其前，秦淮朱雀桁绕其后，洵可赏心娱目，漱涤尘襟。每当夜凉人定，风清月朗，名士倾城，簪花约鬓，携手闲行，凭栏徙倚。忽遇彼姝，笑言宴宴，此吹洞箫，彼度妙曲，万籁皆寂，游鱼出听，洵太平盛事也。"这里说到的院墙即旧院之墙，回光寺原在周处读书台附近，中山东花园即今白鹭洲公园，朱雀桁即朱雀航，在今长乐渡附近。

　　这长板桥原是木桥，据说在清代康熙年间，木桥圮废，改筑石坝。后沼泽逐渐湮平，石坝化为街巷，两边渐多人家，旧时长桥跨临的景象不复可见。但人们仍习惯性地以长板桥作为这一片区的代称。如清人刘开《秦淮竹枝词》："昨夜廊前月正高，梦随春水上兰桡。依稀记得秦淮路，芳草萋萋到板桥。"蔡家琬《白门柳枝词》："板桥西畔夕阳斜，旧院风流梦影赊。芳树不知儿女恨，却从扇底衬桃花。"黄家骥也写过一首《秦淮竹枝词》："玉楼西畔画桥东，一面垂杨一面枫。楼外斜阳桥下水，玻璃窗子隔江红。"其时玻璃流入中国未久，秦淮妓家已经采用，诚可谓占尽时髦。直到二十世纪末，那一带还有大、小、东、西石坝街的路名，还有耐人寻味的老巷旧宅，经过近二十年来的"老城区改造"，如今已是面目全非，踪影难寻了。

　　长板桥成为烟花区的标志，更因为风流名士们曾有"长桥选妓"的活动，品评优胜，排列名次，颇有些像当代的选美。

　　见诸记载的秦淮选妓活动，最早的当是嘉靖、隆庆年间曹大章、吴伯高、梁伯龙等人举行的"莲台仙会"，"品藻诸姬，一时之盛"，将官场和科举中最荣耀的名衔，加到妓女头上，评出女学士、女太史、女状元、女榜眼、女探花、女会元、女会魁、女解元、女经魁等共十四人，并各有评语。

这一回入选的名妓，全都隶属于旧院。天启元年，潘之恒作《金陵妓品》，将三十二名妓女，分为品、韵、才、色四类。此后还有《板桥杂记》中所写到的在方密之侨居水阁中举行的那一次。清代康熙年间，苏州刻印过一种《金陵百媚》版画集，有冯梦龙的评与跋，应该是明末故事。书中所画出的一百名妓女，也都有科举荣衔。

直到清乾隆年间，"长桥选妓"仍是"金陵四十八景"中的一景。

早已实物无存的长板桥，遂成为后世骚人墨客心中笔下难舍的情结，三百年间为人描述吟咏不已。始作俑者，便是余怀。

余怀在《板桥杂记·序》中写道："金陵古称佳丽之地，衣冠文物，盛于江南；文采风流，甲于海内。白下青溪，桃叶团扇，其为艳冶也多矣。洪武初年，建十六楼以处官妓，轻烟淡粉，重译来宾，称一时之盛事。自时厥后，或废或存，迨至百年之久，而古迹浸湮，存者惟南市、珠市及旧院而已。南市者卑屑所居，珠市者间有殊色，若旧院则南曲名姬、上厅行首皆在焉。"

淡粉、轻烟、重译、来宾、南市，是十六楼中的五座。明初编撰的《洪武京城图志》中，有一幅"楼馆图"，且记载了十六楼的所在位置：

"江东楼，在江东门西，对江东渡；鹤鸣楼，在三山门外，西关中街北；醉仙楼，在三山门外，西关中街南；集贤楼，在瓦屑坝西，乐民楼南；乐民楼，在集贤楼北；南市楼，在三山街皮作坊西；北市楼，在南乾道桥东；轻烟楼，在江东门内西关南街，与淡粉楼相对；翠柳楼，在江东门内西关北街，与梅妍楼相对；梅妍楼，在江东门内西关北街，与翠柳楼相对；淡粉楼，在江东门内西关南街，与轻烟楼相对；讴歌楼，在石城门外，与鼓腹楼并；鼓腹楼，在石城门外，与讴歌楼相对；来宾楼，在聚宝门外来宾街，与重译楼相对；重译楼，在聚宝门外，与来宾楼相对；叫佛楼，在三山街北，即陈朝进奏院故址，宋改报恩光孝观，今即其地，为叫佛楼。"后人所记十六楼名，或稍有相差，也可能是后世曾有改变。

然而值得注意的是，这十六楼被归在"楼馆"卷的"酒楼"条目之下，而明显属于妓院的，另有两条目：一是"富乐院"，有两处，"一在武定桥东南旧鹿苑寺基，一在聚宝门外东街"；一是"勾栏"，也有两处，"一在武定桥东，一在会同桥南"。武定桥东南的富乐院与武定桥东的勾栏，正与后人所记载的旧院位置相近，旧院者，旧富乐院也。《洪武京城图志》前的序言中，也有"为十庙以祀忠烈，十楼以待嘉宾"的说法。可见十六楼在开设之初未必是妓院。从十六楼所处的位置看，只有南市楼、北市楼和叫佛楼是在明都城内，在城南聚宝门外的是来宾楼和重译楼，其余十一座则在都城西垣清凉、石城、三山门之外，外郭之内，也正是由水路进出南京城的交通要道上。这也证明它们作为"待嘉宾"的酒楼是可信的。康熙时诗人查慎行有《金陵杂咏》诗："想象承平乐事留，履綦陈迹也风流。轻烟翠柳今何处，十六门如十六楼。"他虽然没能亲眼看到十六楼，却无意中说破了十六楼与南京城外郭"十六门"的关系。即使这些酒楼也如今天的某些大饭店一样，有着各色"三陪"服务，但毕竟还不能说是妓院。清道光年间甘熙在《白下琐言》中说"南市楼为前明十四楼之一，以处官妓"，因为十六楼已多数湮没，明末仅存的南市楼成为妓院，后人遂以为十六楼都是妓院，实在是一种误会。算来还是钱谦益见事较为明白，他的《金陵杂题》绝句就说："淡粉轻烟佳丽名，开天营建记都城。而今也入烟花部，灯火樊楼似汴京。""而今也入"，正说明了这种变化。

明代初年的教坊与晚明的旧院，性质也是截然不同的。这不仅在于明初教坊属于官办，所辖妓女都是"官妓"，而晚明长板桥畔的妓女都是私妓，旧院之名，不过因其地正当教坊故址，更在于教坊中官妓的重要来源，是所谓"敌国"后裔或"罪臣"亲族，是统治者政敌的妻女。所以对于明初的教坊，明人也说"无有记其胜者"，而晚明的旧院，则成了文人雅士取之不尽、用之不竭的好题目。

元代官兵的妻女，在洪武年间沦为官妓。《三凤十衍记·记色荒》开篇即说："明灭元，凡蒙古部落子孙流窜中国者，令所在编入户籍，其在京者谓之乐户，在州邑者谓之丐户。"祝允明《猥谈》中说到丐户的境况："其妇女稍妆泽，业枕席，其始皆宦家，以罪杀其人而籍其牝，官鬻之而征其淫贿，以迄今也。金陵教坊二十八家亦然。"王士祯在《池北偶谈》中更明确地说："金陵旧院有顿、脱诸姓，皆元人后，没入教坊者。顺治初余在江宁，闻脱十娘者，年八十余尚在，万历中北里之尤也。"《板桥杂记》中有"琵琶顿老"，其孙女顿小文后来也沦为妓女。《板桥杂记补》中还有顿喜、顿继芳等。前后延续，竟已近三百年，大约有十代人了。

永乐年间，明成祖朱棣对于建文集团"奸臣"的妻女，也采取了同样的处置办法。明人邓士龙《国朝典故》中，对此记载最为详尽：如谢升的"四女俱送浣衣局。妻韩氏，年三十九，本年九月二十日送淇国公丘福处，转营奸宿"，转入军营供官兵奸宿，这是作为军妓的形式。更多的则是送到教坊司，如铁铉的家属在当年十月被押送到南京，男性都发配充军，"妻杨氏，年三十五，十月初五日取送教坊司"；"女玉儿，四岁，送教坊司"。茅大芳的妻子张氏，"年五十六，发教坊司"，当年十二月病死，教坊司上奏，得到的圣旨是："着锦衣卫分付上元县，抬去门外着狗吃了。钦此。""永乐二年十二月二十二日，教坊司于奉天门题奏：'有奸恶妇卓敬女杨奴、牛景先次妻刘氏，合无照依前例。'奉钦依：'是，钦此'。"这些事情都是由朱棣亲自处理，可见其对于政敌的怨毒之深。直到"永乐十一年正月十一日，教坊司等官于右顺门口奏：'有奸恶齐泰的姐并两个外甥媳妇，又有黄子澄的妹，四个妇人每一日一夜二十条汉子看守着。年小的都有身孕，除生子令做小龟子，又有三岁小的女儿。'奉钦依：'由他，不的长到大便是个淫贱材儿。'又奏：'当初黄子澄妻生一个小厮，如今十岁也。又有史家，有铁铉家小妮子。'奉钦依：'都由他，钦此。'"这时距离靖难之变，已经有十一年多了。

分明是男人之间的争权夺利，却拿无辜的女性作为报复的对象，是极其野蛮而残忍的。

这场悲剧直到朱棣死后才得以终结。永乐二十二年（1424）八月，仁宗继位，十一月写了亲笔文书给礼部尚书吕震："建文中奸臣，其正犯已悉受显戮，家属初发教坊司、锦衣卫、浣衣局并习匠及功臣家为奴，今有存者，既经大赦，可宥为民，给还田土。"然而这些侥幸活下来的女性，经受过那样的凌辱，再想回到正常的人生轨道上去，已是不可能的了。

值得一提的是，这段历史，后来却成了秦淮妓女招徕顾客的手腕之一。清初黄虞稷《秦淮竹枝词》中就写到这种情形："浓垂双鬟似吴娃，衫样新裁杏子纱。本是教坊亲养女，却言身出故侯家。"

　　明初的教坊司，名义上是培养伎乐人员的机构，实际上已是管理官妓的机构。清人独逸窝退士《笑笑录》卷六，有《教坊碑》一条："秦淮旧院教坊规条碑，余尝见拓本，略云：入教坊者，准为官妓，另报丁口赋税。凡报明脱籍过三代者，准其捐考。"可见一入教坊，即成官妓，而且至少要影响到子孙三代人的前程。同时还有对于官妓家人的歧视性规定："官妓之夫绿巾绿带，着猪皮靴，出行路侧，至路心被挞勿论，老、病不准乘马及舆，跨一木令二人肩之云云。阅之不觉失笑。""绿帽子"的典故，想必是从此而来。后人读着此类文字，可以"不觉失笑"，而对于当时身处其境的人，该是怎么也笑不出来的。

　　明代初年长板桥畔，身处旧院之中的官妓，在表面的风流后面，铭刻着无辜女性极其深重的血泪。所以就连晚明滥情于秦淮风月的浪荡文人，也不忍轻易言及此事。清人章学诚曾指出："前朝虐政，凡缙绅籍没，波及妻孥，以致诗礼之家，多沦北里。"当是较为确切的评语。

秦淮艳

　　明代后期兴盛一时的私娼中，声名最大，以至载入史册的，首推"秦淮八艳"。

　　"秦淮八艳"这个名目，不知道是谁的发明。民间口耳相传，指的是明末清初活跃在南京秦淮河畔的八位女性。后人有几句口号，专赞这八位名女人：痴心才女马湘兰，侠肝义胆李香君，风骨嶙峋柳如是，侠骨芳心顾眉生，艳绝风尘董小宛，长斋绣佛卞玉京，风流女侠寇白门，倾国名姬陈圆圆。"才""艳""侠""风尘"这些词语如此密集地出现，就已经颇有传奇的味道了。

　　清代咸丰年间进士叶衍兰曾作《秦淮八艳图咏》。叶衍兰手绘清代学者画像数百幅，后来由他的孙子叶恭绰印成

《清代学者像传》，颇为人所赞誉。但是他所开列的这个"秦淮八艳"名单，却被后人争议不休。首先引起疑问的是，作为秦淮"艳"学开山之作的《板桥杂记》中，重点描述的尹春、李十娘、葛蕊芳、顿小文、王微波诸人，均被遗漏在外，特别是王微波，曾在崇祯年间的秦淮花榜评选中名列第一。更有人提出质疑，陈圆圆固然倾城倾国，但其沦落风尘、选送北都，皆是姑苏韵事，何曾于秦淮河畔张艳帜？柳如是固曾流连忘返于秦淮河畔，然而她到金陵，已在嫁钱谦益之后，是以尚书夫人的身份，住在礼部官署中，将其归入"秦淮八艳"，也有掠美之嫌。

于是又有好事的文人，援引"扬州八怪"的例子，证明"八怪""八艳"同为泛指，其涵盖面是相当数量的某一类人，而并非特指某八个人。综合多方面的论述，"秦艳八艳"的概念，大致可以定义如下：系指明末清初主要以南京秦淮河畔为活动环境的一批高层次艺妓，她们多有较高的文化素养和较强的政治意识，所交往的异性对象均为与那个历史阶段政局变迁和文化传承密切相关的重要人物，其悲剧性命运颇得后世文化人的同情。

"秦淮八艳"的产生，也是中国传统文化的一大特色。因为这充分显示出东西方娼妓定义的差别。在西方文化中，娼妓就是以性的乱交换取经济利益的人，简单地说就是卖淫者。西方人上妓院，目的很明确，就是寻找性交对象。然而在中国，这一定义只能涵盖下层低级的娼妓活动，即被某些人称之为"人肉市场"的。对于中层尤其是高级妓女，性交易已经退到了相当次要的成分。中国的文人骚客光顾妓院，在某种程度上，是将妓院作为文化交际的一种场所，甚至将娼妓也作为艺术交流的对象。文人在这"妖冶之奇境，温柔之妙乡"中，会旧友，结新知，开诗会，吟咏唱和，以至品评时政，商讨国事。他们通过妓女沟通信息，联络同好，直到利用妓女的宣传扩大自己的社会影响，他们也教妓女赋诗作画，为其增饰润色，序跋品题，抬高妓女的声誉，可谓相辅相成。同样，官僚们也会利用妓院作为通消息、行贿赂、拉帮结派的渠道。

与此相对应的是，名妓们也争相提高自己的文化素养，歌舞弹唱、琴棋书画，已不足为奇，甚至吟诗作赋也能不让须眉。妓院区内供应的茶酒果肴、出售的器具玩物，都堪称精雅，价格奇高，连妓女赠送客人的小信物，也绝不俗气。

越是文化素养高的妓女，越能得到上层文化人的青睐，而与上层文化人的接触，无疑又能提高她们的文化素养尤其是文化名声，即时人所谓"美人名士，相得益彰"。名士们推荐这种名妓给朋友，就像介绍一个诗友或同学，可以几乎没有猥亵的意味。他们与这种名妓之间，经常也就止于诗酒往来而不及乱，且不乏郑重其事地将名妓娶回家中的。

事情发展到极端，得到某位名妓的青眼，反过来竟会成为文人的荣誉，不能受到某名妓的接待，也能成为文人的羞辱。秦淮风月的盛名，主要就是由这两种人所造成。吴敬梓在《儒林外史》中曾写到一个书呆子，作了诗一心想得到某名妓的褒奖，以为扬名之捷径，结果大受奚落。有人以为这是吴先生的幽默，其实这种事情，在当时该是不足为奇的，吴先生不过据实道来罢了。

在明末清初那数十年间，这一种"名妓效应"，最为突出。

南京的妓女风雅，当然不是从晚明才开始。但由于"秦淮八艳"的盛名，特别是《板桥杂记》的渲染，使得此前此后的南京妓女都失去了光辉和神采。

"秦淮八艳"中，余怀曾亲近颜色，并写进《板桥杂记》的，是顾眉生、董小宛、卞玉京、李香君、寇白门五位。其笔墨不及陈圆圆、柳如是，实因此二人与秦淮艳事并不相干。最后一位就是"秦淮八艳"中的前辈人物马湘兰，万历三十二年（1604）已去世，崇祯年间始出入秦淮烟花的余怀，很惋惜没能见到她。

钱谦益在《列朝诗集小传》中，为马湘兰作了一篇约七百字的传记，大大超过了许多知名诗人，可见偏爱之情。马湘兰"字守真，小字玄儿，又字月娇，以善画兰，故湘兰之名独著"，所谓"问姓则千金燕市之骏，托名则九畹湘江之英"。据说当时连暹罗国的使者也知道购求她的画收藏。

她的相貌平常，但性格开朗，能说会道，嗓音婉丽，如春柳早莺，又善于察言观色，跟她接触的人都会把她当成红颜知己。

马湘兰"所居在秦淮胜处，池馆清疏，花石幽洁，曲廊便房，迷不可出"，妓院的建筑能如此讲究，可见其经济实力，尤其是社会风尚。因为这类名妓的接待对象，都是文化人甚至文化名人，优雅舒适的环境是起码的条件。以马湘兰当时的年纪和地位，已经轻易不肯亲自上阵，而是收买了一批少女，教她们学唱戏，在客人宴饮时表演。但她还是喜欢和年轻男子交往，不时挥金以赠少年，自己的首饰经常抵押在当铺里，也在所不惜。据说她五十岁时，还有二十出头的少年郎想娶她回家。所以"王百穀叙其诗云：'轻钱刀若土壤，居然翠袖之朱家；重然诺如丘山，不忝红妆之季布'。"季布和朱家，都是春秋战国间一诺千金的侠义人物。

自从马湘兰开了这个头，此后秦淮名妓，多有反赠金银给相好嫖客的，而骚人墨客，也都将其形容为"行侠仗义"。仅"秦淮八艳"中，赢得"侠"名的就还有李香君、寇白门、卞玉京、柳如是等四位。甚至李香君的养母李贞丽，好赌成性，曾一夜输去千金，居然也被称为"有侠气"。不过在南京民间，却有另一种俗语的评价，叫作"二姑娘倒贴"。

马湘兰的入幕之宾王穉登，是当时的苏州名诗人，且擅书法，被推为文徵明身后"风雅第一"，好交游善结纳，能拯人于危难，时誉其有古人风义，也就是所谓"侠"气吧。但是他所用的手段，则不足为外人道。沈德符曾在《敝帚斋余谈》中揭发，说当时朝廷禁止官员嫖娼，王穉登藏名妓于内室，邀当任官员喝酒，到了酒酣耳热之际，才唤出妓女"三陪"。这简直就是当下以录像敲诈色官的祖师爷。官员有此把柄在他手中，所以他"居间请托"无不得逞，故而腰缠累累。据说王世贞死后，其子被人牵连入狱，曾得王穉登"倾身援救"。马湘兰也曾为人所窘，幸得王穉登援手解厄。当时马湘兰就想嫁给王，王没有答应。直到相别十几年后，王穉登七十大寿时，马湘兰"买楼船，载小鬟十五"，专门从金陵赶到苏州庆贺，大摆酒宴，歌舞达旦，据说连续数月，成为几十年间未见的盛事。那一年马湘兰也已五十七岁，从苏州回金陵不久，就生病去世了。所以王穉登为她作传，并赋挽诗十二绝句，其中有言："平生犹未识苏台，为我称觞始一来。何意倏然乘雾去，旧时门户长青苔。"后世往来秦淮河畔的文人，也以作诗凭吊马湘兰为风流举业。

诗名与马湘兰不相上下的，还有赵今燕、朱无瑕、郑妥娘，曾有人集四人诗作，编为《秦淮四美人选稿》。四人之中，只有郑妥娘活到清初，孔尚任《桃花扇》中，讥为"老妥"。可见美人白头，亦未必是幸事。

王穉登曾说，嘉靖年间，南京旧院中"诸姬著名者，前则刘、董、罗、葛、段、赵，后则何、蒋、王、杨、马、褚，青楼所称十二钗也"。马，就是指马湘兰。不知道"金陵十二钗"的出处，是不是就在这里。曹雪芹早年生活于南京，即使不曾听说这段掌故，也应该是能读到这一节文字的。

与马湘兰同列"金陵十二钗"的，还有一位也被誉为"豪宕任侠"的名妓赵燕如，原名丽华，小字宝英。她的父亲赵锐，精通音律，被正德皇帝征入宫中为供奉。赵燕如十三岁就进了教坊司。据说赵燕如"容色殊丽，应对便捷"，能作小词，并且自己配曲，自弹自唱。朱彝尊曾得到她所画的扇面，称"楷法绝佳"。她时时留心国家军事，对钱财也看得很轻，几次得到千金都随手散去。赵燕如所交游的是当时名士朱射陂、陈海樵、王仲房、金白屿、沈勾章等人，年纪稍大，就素面淡妆，不肯再以色相示人，与几位名士的交往，也像兄妹一样。沈勾章曾为赵作传，说她不但是平康美人，如果生为男子，"当不在剧孟、朱家下也"。

比马湘兰成名更早的，是嘉靖年间的朱斗儿，号素娥，据说善画山水小景，曾得陈鲁南授以笔法。陈鲁南名沂，是能诗善画的金陵名士，与同时顾璘、王韦并称"金陵三俊"，有人再加上顾𤩽称"金陵四杰"，又与李梦阳、何景明等称"金陵十才子"，其所撰《金陵古今图考》是后世研究南京历史文化的必读书。朱、陈交好大约是陈沂中进士之前的事。待到陈沂入史馆，素娥便将陈沂平日与她唱和往还的手迹，包装封好，并题道："昨日个锦囊佳句明勾引，今日个玉堂人物难亲近"，全都退还给了陈沂。那意思应该是试探，看陈沂是不是会担心这一段交游影响声名。当时的社会风气，还没有万历以后那样开放，所以朱素娥才会有这样的担心。而陈沂收回手迹后，好像也没有什么表示，两人就此恩断义绝。这种事情，倘若放在万历以后，一定会有人出来批评陈沂的薄情。后来凤阳刘望岑闻名过访，朱素娥不肯出来接待。刘望岑便作了一首七绝赠她："曾是琼楼第一仙，旧陪鹤驾礼诸天。碧云缥渺罡风恶，吹落红尘四十年。"朱素娥为诗所动，竟欣然与刘相会。

　　顺便说到马湘兰的养女马晁采，正是生活在明末清初的人。钱谦益《金陵杂题》中曾写到她，说她"一夜红笺许定情，十年南部早知名"。她原来与刘伯温的后裔有婚约，却又被阮大铖看中，阮大铖成了弘光小朝廷的兵部尚书，马晁采遂弃刘而从阮。当时人陈煌图有竹枝词讥嘲："旧院名姬马二娘，当筵一曲断人肠。岂知帅府抛红豆，别却刘郎嫁阮郎。"到清初黄虞稷写《秦淮竹枝词》时，"旧院门前春草齐，马湘兰屋亦招提。朱楼画阁征歌地，半是瓜畦半菜畦"，一代名姬的香闺已经成了佛寺。

　　"秦淮八艳"这样的名妓集群产生于南京，而不是产生于其他地区，是同南京在明代的特殊地位紧密相关的。虽然永乐年间明王朝迁都北京，南京失去了首都的地位，但仍然是法定的"南都"，有着完整的六部系统，所以是一个名副其实的副政治中心。同时，悠久的人文荟萃传统和江南科举的试场所在，使南京长期保持着文化中心的地位。特别值得指出的是，自从明初以南京为首都，南京官话逐渐成为全中国的通用语言，并且不受迁都和改朝换代的影响，一直沿续到晚清，南京官话在这数百年间的权威性，显示出南京的文化地位之重要，也增加着南京的吸引力。最后，到了晚明，国事日非，江南文人党社已有力量直接干预上层统治集团的决策，南京实际上成为不同政见者的聚集中心。

但是这些文人，就其本质仍然是封建知识分子。忧国忧民并不妨碍他们继续保持花天酒地的生活方式，并不妨碍他们成为江南名妓的面首。不但秦淮河长板桥的妓院成了他们奢谈国事的场所，而且与江南名妓的缠绵居然也被罩上了爱国的外衣。尽管现在说起来总不免生滑稽之感，但这绝对不是幽默，而是当时的事实。

明代中叶以后的娼妓业，以南京为中心，"苏帮""扬帮"齐聚南京，也就不奇怪了。

与此相应的是，江南名妓们为了赢得名士的欢心，或者为了满足名士的虚荣心，所谓"投时好以博资财"，也就纷纷学会了表演"爱国"热情和使用"爱国"语言。当然，不能排除她们具有真实爱国精神的可能，在那种时代氛围的感召下，女性的情绪更容易被调动起来，以为自己的香肩上真的就承担着救国救民的使命。但她们在妓院里的这种表演，无论如何总有为满足名士心理需求而作秀的味道，也就只能属于一种商业营销的运作。

名重一时的"秦淮八艳"，所交往的更都是当时的文化名人，有的不仅是文坛领袖，而且是重要的政治活动家。柳如是所嫁的钱谦益，顾眉生所嫁的龚鼎孳，卞玉京相好的吴伟业，这三人后来被称为"清初三大家"，钱谦益更被誉为"文坛祭酒"。钱谦益、龚鼎孳入清后都任高官，吴伟业应入京参修《明史》。董小宛所嫁的冒辟疆，李香君所嫁的侯朝宗，是明末重要政治社团复社的骨干，名列"明末四公子"之中。寇白门所嫁的朱国弼，是明王室成员，据说娶寇白门时，"令甲士五千，俱执绛纱灯，照耀如白昼"。而陈圆圆据说先与冒辟疆交好，后被买去献给崇祯皇帝，皇帝不受，遂嫁与重臣吴三桂，又被李自成所掠。

也正因为"秦淮八艳"的归宿如此，形成一种引人注目的"群体优势"，不仅当时，而且对后世产生了强大的社会影响。

然而，历史的发展证明，这些男性虽居高位、得盛名，未必都是优秀的知识分子，更未必是爱国志士。所以到了明亡清兴之际，"秦淮八艳"之中，颇有几位的口碑是不大妙的。亡国之前的"尤物"，亡国之后就成了"祸水"。这也是中国文化的特色之一，每当国家的政事弄到不可收拾时，总能发现出"误君祸国"的女人来，自妲己以降，几乎无代无之。到了"秦淮八艳"这一代，更有了一个空前的大突破，成为"祸水"的不再是狐媚深宫、擅权乱政的后妃，而换成了浪迹市井的妓女。真说不清这该让人兴奋还是悲哀。

最招物议的无疑是陈圆圆。当时有"诗史"之誉的吴梅村，也写下了"冲冠一怒为红颜"这样的名句，改朝换代的枢纽，似乎竟全系于一个妓女的香肩之上了。直到晚清的丁传靖写传奇《沧桑艳》，仍持此论不改。

董小宛则更玄，据说竟能把新朝的顺治皇帝，迷惑得舍弃帝位上五台山出家做了和尚。

文人的"名节"，同样也亏败于美色。做了"贰臣"的龚鼎孳，就大言不惭地将降清之咎推给顾眉生，说是"我本欲死节，奈小妾不肯"。龚、顾一段因缘，曾经也是秦淮河畔的风流佳话，自此遂成丑闻。

顾眉生不但能通文史，也善画兰。据说顾眉生画技不弱于马湘兰，而姿容更胜过马湘兰，同时的董小宛、李香君，才情色艺都不及她，时人推举顾眉生为"南曲第一"。余怀描写她"庄妍雅靓，风度超群；鬟发如云，桃花满面；弓弯纤小，腰支轻亚"，说白了，就是黑发粉面，小脚细腰，大约还是以风度气质取胜。顾家专为她建了一座"眉楼"，绮窗绣帘，香烟缭绕，也还平常，出奇的是几案上满堆图书，左右且陈设着瑶琴锦瑟，颇有文人书房的气象。所以余怀拿她开玩笑，说这不是眉楼，而是"迷楼"，足以迷惑士人。

当时江南士人文酒之宴，照例有名妓参加，若没有顾眉生在座，便觉得不能尽兴。更兼顾家家厨的手艺高妙，所以借眉楼设宴待客者几无虚日。盛名招谤，惹出麻烦，幸而余怀出面为她化解了纠纷。顾眉生因此十分感激余怀，在迁居南京的桐城人方应乾家里，愿意登堂演戏为余怀庆寿。虽然歌舞弹唱为妓女本色，但那时的风尚，名妓都以登场演戏为耻，只肯在小范围里为知心人一展歌喉。顾眉生能有这种表示，已足以令余怀感到自豪。而顾眉生也因此决意脱离风尘，后来嫁给龚鼎孳尚书，称横波夫人。龚鼎孳为人本豪爽，挥金如土，在顾眉生的影响下，越发轻财而好士。

清顺治年间，做了清朝尚书公的龚鼎孳携顾眉生重游金陵，住在市隐园中，正值顾眉生过生日，龚鼎孳遂大宴宾客，而顾眉生将她当年的妓女姊妹都请了来。龚鼎孳的门生有自称"贱子"长跪敬酒的，顾眉生欣然连干三杯。这种描写，都可以看出隐含着讥讽之意。龚鼎孳的原配童氏，在明代曾两次受诰封。龚鼎孳降清，她很不以为然。龚鼎孳到京师去赴任，童夫人不愿随行，而且说："我在明代曾两次受封。以后本朝的恩典，就让给顾太太吧。"顾眉生因此得到了清代的诰封。而顾眉生后来为人所诟病，不在于她的妓女出身，正在于她竟接受了清代的诰封。

更让顾眉生大伤脑筋的事，是一直没有能生个孩子。在封建社会中，女性的地位，完全取决于她和男人的关系，所谓妻以夫贵，母以子贵。顾眉生在龚家的地位是妾，万一龚鼎孳先死，她肯定会被扫地出门，但如果她能为龚鼎孳生个儿子，情况就会完全不同，富贵人家绝不愿意让自己的骨血流落在外。为了求子，她甚至请巧匠以香木雕成男孩，手脚都能活动，并且雇了保姆哺育，人称"小相公"，结果被当地人目为"人妖"。顾眉生最后的幸运，大约就是死在了龚鼎孳的前面。她病逝后，龚鼎孳还为她作过一篇《白门柳传奇》。

"白门柳"，本意指金陵白下门之柳，被借指秦淮名妓，后来却成了柳如是的代称。

"秦淮八艳"中，最得当代知识分子青睐的，无疑是柳如是。特别是二十世纪八十年代，随着陈寅恪先生的"出土"，《柳如是别传》也常被人挂在口边。不过，说句让人丧气的话，今天的中国文人中，能读通《柳如是别传》的人，只怕也已稀如星凤了。至于柳如是确立自己文学史地位的作品，就更是难得听人提及。当然这并不妨碍某些人热爱柳如是，一如读不懂《资本论》并不妨碍信仰马克思。况且描写柳如是与钱谦益、柳如是与陈子龙风流艳事的逸闻、传说、故事要易见与易读得多。据说还拍过柳如是的电视剧，不知当代有哪一位女明星，有底气能够扮演柳如是。

以柳如是为主人公的长篇小说也很出版了几部，仅身在南京的作家就完成了两部。平心而论，写得最好的要数广东刘斯奋的《白门柳》。《白门柳》第一部《夕阳芳草》于一九八四年出版，正是"秦淮八艳"热气蒸腾的时候，出版社的头脑大约也跟着热了一下，初版印了十四万册，尽管书价只要人民币二元六角，然而许多年间，在南京的特价书柜上，都摆着降价待沽的《夕阳芳草》。所以一九九一年出版的第二部《秋露危城》大幅度收缩，只印了三千六百册，南京好像就没有进货。即此可见近二十年间"秦淮八艳"热的实质，大量"热爱"柳如是的人们，是连正经小说也不要读的。倒是一些胡编乱造、恶俗滥情的"八艳故事"一度大为畅销，使古代妓女有幸成为当代的明星。这些同志热爱的焦点在什么地方，也就不言自明了。

柳如是的经历中，被人说得最多的，是她与钱谦益的关系，最被渲染的又是两件事：一是清军下江南，她曾劝钱谦益殉国，这当是发生于南京的事情；一是钱谦益死后，她以死相殉。历来文人对柳如是的评价，都高于对钱谦益的评价。

纵观柳如是所选择的追求对象，从宋征舆到陈子龙再到钱谦益，其文化地位明显地越来越高。对于柳如是来说，这是深层性格的体现。而以她的学识才艺，也确实有资本向最高峰冲击。在达到生命的最高点后，她绝不会容许自己再走下坡路。"一死何关青史事"，即使没有钱氏族人的相逼，在钱谦益死后，柳如是仍然会选择烈死，而不会选择苟生。

值得注意的是，时隔三百余年，到了二十世纪的八九十年代，"秦淮八艳"摇身一变，在某些文人的笔下，又成了爱国、救国的英雄，民族气节的典范。一时之间，"艳"风蒸蒸日上。

现在已经可以比较清楚地看出，这二三十年来抒写"秦淮八艳"的文字，大致处在两个层面上：一个是为了完整地反映并探究明清之交那个时代的真实面貌和某些文化人的命运，不能不涉及"秦淮八艳"；另一个则是以"秦淮八艳"为对象，意在借"名妓"效应获取市场效益。知识分子和市民在这里找到了一个共同感兴趣的观察对象，使出于不同角度的视线在"秦淮八艳"身上产生了一个交点。然而无论怎样精心包装过的妓女，从上方俯视和从下方仰视，看到的东西肯定是截然不同的。

"秦淮八艳"的命运能得到当代文化人的普遍同情，应该说是历史的一种进步。然而真理前进一步，就会变成谬误。"秦淮八艳"毕竟只是一群妓女，无论采用怎样高明的包装和促销方式，她们所经营的仍然是自己的肉体而不是精神。二〇〇二年的《书屋》杂志上，居然有人在文章中郑重其事地写道："南明的妓女则代表了传统文化最为纯净的一面，她们以一种女人所特有的浪漫心态，表现出了一种完美的国民气质与个人人格！""在这个天崩地解，斯文扫地，士大夫纷纷剥下自己的伪善嘴脸望风进退之际，反而是这些为传统社会所不齿的妓女显示出她们超常的大人格；当民族矛盾处于紧要关头，当所有那些自诩为中流砥柱的男人们公然出卖自己的道德人格之时，正是柳如是、李香君、陈圆圆们为中国文化史留下了一个昙花一现的美梦，给严酷的南明历史带来了片刻的宁静、温馨与安详！"

　　这真是中国文人"所特有的浪漫心态"。莫非在二十一世纪拉开帷幕的时候，中国真是如此迫切地需要"秦淮八艳"式的"爱国精神"和"国民气质"么？同样是妓女的香肩，同样是过重的负荷，三百几十年的历史沧桑，中国的文人竟是这样的没有长进。

红楼梦

　　古往今来，写金陵女儿的第一部鸿篇巨制，当数《红楼梦》。

　　理由如下：首先，《红楼梦》中出现的七百多个人名，女性占了将近一半，除了史志中的列女传，只怕再没有哪一部线装古籍中会容纳这么多的女性。其次，如果只算曹雪芹浓墨重彩描写的人物，则肯定是女性为多，要说写女性、写女性群体写得如此之生动，写得如此之美好，古往今来，恐怕还没有哪一部小说能望其项背。

　　不过，将《红楼梦》中"水做骨肉"的女儿都归入金陵女儿的行列，这结论不是可以随便下的。为免遭某些红学家讨伐，兹亦论证如下：

　　《红楼梦》第五回中，写宝玉在太虚幻境的薄命司中，见有十数个大橱，皆用封条封着，"看那封条上，皆有各省字样。宝玉一心只拣自己家乡的封条看"，于是看到一个大橱封条上大书"金陵十二钗正册"，警幻的解释是"即尔省中十二冠首女子之册"，并介绍说还有"副册"与"又副册"。由此可见，这三十六位女子，既是宝玉家乡人也是金陵人，属宝玉和警幻仙姑的共识。如果说宝玉年幼，或者有弄错的可能，警幻仙姑既然身负"司人间之风情月债，掌尘世之女怨男痴"的重任，想不至于是位"小糊涂仙"。

　　再进一步说，人人都知林黛玉是姑苏人而非金陵人，却被列为"金陵十二钗"正册的第二人，由此可见，太虚幻境薄命司的"金陵女儿"概念，是以生活于金陵为标准的。这十二位"冠首女子"，"副册""又副册"中至少有一部分女子，是生活在大观园内。这大观园的位置，自然是在金陵。

　　当然也不排除这样的可能，即金陵"四大家族"和正、副"十二钗"全体移民北京，在北京城里建造起一个"金陵村"或一条"金陵路"，即如云南的"南京村"，上海的旧租界，美国的唐人街，深圳微缩了的世界各国景观。不过曹雪芹在《红楼梦》中没有这么说。倘若红学家们尚承认《红楼梦》是曹雪芹写的小说，而非传记或报告文学，那么还能有什么证据，比曹雪芹的说法更权威呢。

　　今天如果再有人提出贾宝玉是不是曹雪芹的问题，一定会被红学家们讥为幼稚。然而，大观园是不是南京的某花园或北京的某王府，问题的性质岂不与它完全相同？真不明白为什么还会有那么多成熟的红学家群居终日，絮叨不休。

闲话休提，言归正传。

且说"金陵十二钗"，"正册""副册"加"又副册"，至少有三十六位金陵女儿在册。但宝玉所得见的"又副册"只两幅图：第一幅判词暗示着晴雯、金钏、彩云等；第二幅无疑是花袭人。人以类聚，物以群分，想来其余几位，也必是大丫鬟身份或相当于这个级别且与男主人瓜葛不清的女性雇员。

"副册"宝玉只见第一幅，是原名英莲的香菱。香菱是薛蟠的小妾，所以入"副册"的当是如夫人一流人物。《红楼梦》中写正式的姨太太不少，着笔较多的，老辈中赵姨娘是一个，太猥琐；小辈中宝蟾是一个，太恶劣；尤二姐的那个名分，是拿性命去换的，太凄凉；当然还有一个，贾元春，做的是皇帝的小老婆，不宜说破。所以难怪曹雪芹含糊过去。

只有"正册"宝玉是看全了的，其中十一幅图，各有判词，暗喻十二人，第一幅是宝钗与黛玉两人，以下每图一人，依次是元春、探春、湘云、妙玉、迎春、惜春、王熙凤、巧姐、李纨、秦可卿。这些人，无疑就是警幻仙姑"择其紧要者录之"中的最"紧要者"了。所以由十二个舞女演奏的《红楼梦》套曲十四支，除去开头与收束两支，也正是依次说着这十二个人的命运。

有趣的是，这十二个人地位有参差，亲缘有远近，不知如何排成了这样一个次序。宝钗和黛玉在作者心目中难分高下，并列第一，大家都能理解。可是来历不明的小尼姑妙玉，居然位列第六，在宝玉的亲姊妹迎春、惜春之前，不知是何道理。由此可见，入正册者的选择和排序，并非单纯依身份地位，肯定另有标准。只是这标准颇难揣测，以文人的心性而言，或该是气质品性，只是元春高居第三，惜春在迎春之后，巧姐在李纨之先，却又不大说得过去。警幻仙姑所说的"紧要"，或有道理，即是依其与宝玉关系之"紧"或所处地位之"要"为准。但也有疑点，秦可卿与宝玉的关系，论公论私，都可谓"紧"，在宁国府中之地位，在小说结构中之地位，均可称"要"，"紧"而且"要"了，却被置于末位，大不可解。概而言之，这个标准是曹雪芹和警幻仙姑所拟订，太虚幻境中也没有公布，内部掌握，即有暗箱操作，也是人之常情，在所难免。

遥想那太虚幻境，大约是个部级单位，所以下设着许多司，仅宝玉眼中看出的，就有痴情司、结怨司、朝啼司、暮哭司、春感司、秋悲司，此外自然还有，所以宝玉"一时看不尽许多"，再加上"天机不可泄漏"，不看也罢。

只是金陵女儿中"十二冠首女子"，不知为什么竟都在薄命司中。书中重要人物，大约只有一个薛宝琴，或不在此例。俗话说"自古红颜皆薄命"，套上一句，岂不成了"金陵女儿皆薄命"。或者反过来说，正是因为"薄命"，才能成为"冠首"的"红颜"。

其实女性的"薄命"与否，都是从男性的眼中看出，或者说都是根据男性的标准来评判的。到了《红楼梦》里，竟推到极端，甚至只根据某一男性的标准来判定。比如说大观园中，那就是依能否得到宝玉的婚姻恩爱为标准。黛玉没有得到，是薄命，宝钗得而复失，也是薄命。甚至湘云、妙玉，也都暗恋着宝玉而终不可得。贾母还提到过想将宝琴配宝玉的话头。正是这种"宝玉中心"的设定，致使大观园里的女性都成了薄命红颜。警幻仙姑虽是女性，却一定要让宝玉去看金钗册、听红楼曲、试云雨情，也是一个明显不过的象征，即将这些女性的命运，都交付到了宝玉的手中。

这种设定，也只在宝玉一个人的眼中，才是正常秩序。

比如黛玉想嫁宝玉的那一份小心思，在宝玉心里自是极珍贵的，"我有一个心，前儿已交给林妹妹了。他要过来，横竖给我带来，还放在我肚子里头"。可是这在一向心疼黛玉的贾母眼中看着都不能容忍。贾母的那一番话说得十分明白："孩子们从小儿在一处儿玩，好些是有的。如今大了，懂的人事，就该要分别些，才是女孩儿家的本分，我才心里疼他。若是他心里有别的想头，成了什么人了呢，我可是白疼了他了。""咱们这种人家，别的事自然没有的，这心病也是断断有不得的。林丫头若不是这个病呢，我花多少钱都使得；就是这个病，不但治不好，我也没心肠了。"说白了，林黛玉若是害了这个相思病，就是死了也不可惜。

对黛玉最知心的紫鹃同样也不以为然，背地里发牢骚："天底下莫非只有一个宝玉，你也想他，我也想他。我们家的那一位，越发痴心起来了。看他的那个神情儿，是一定在宝玉身上的了：三番两次的病，可不是为着这个是什么。"

妙玉那种只待见宝玉的作派，在同是贾府少爷的贾环眼中，也是"最讨人嫌的"："他一日家捏酸，见了宝玉，就眉开眼笑了。我若见了他，他从不拿正眼瞧我一瞧。"这种积怨之深，以至听说妙玉被贼寇杀死，贾环大叫"称愿"。

至于暴发户傅试的妹子傅秋芳，未必是自己想着要嫁宝玉，而是她的哥哥没出息，想借妹子攀这门高亲，"就献宝似的"，不断在贾家提起妹子的美貌才情，弄得连在贾家当丫头的鸳鸯都看不起他。

其实这也怪不得曹雪芹。古往今来的文人通病，但凡能识得几个大字，做得几句歪诗，写得几篇文章，就以为自己是天底下第一个怜香惜玉的种子，女人同了他相好，无论做妻做妾做情人，都不委屈，若是弃了他嫁了别人，就一定是沦落在"水深火热之中"了，要等待他挺身拯救。

其实这也不只是文人通病。有了几个臭钱的男人，同样如此，捧歌星，用三陪，养小蜜，包二奶，无不理直气壮，简直就像是在做慈善事业一样。女人若是不做他的妍头，岂不终身受穷受苦、"永世不得翻身"么。

"一朝权在手，便把令来行"的男人，更是如此。"普天之下，莫非王土；率土之滨，莫非王臣"。何况他为国家民族做出了天大地大的贡献，国家民族贡献几个女人给他享用还不是天经地义的么。所以皇帝去睡女人，官方语言，古代叫"幸"，现代叫"幸福"。不仅如此，还要推而广之，天下万事万物，都在等待着他带来的"幸"和"幸福"呢。

正是这样的男人，才造成了红颜的"薄命"。

时至今日，不少女性文化人，挺身而出，要改变命运。这当然是极好的事情。只是这些先进娘子与有识之女，虽然以"改变"为旗帜，却仍然没有摆脱男性意识的衡量标准。她们要改变的，只是男性眼中的"薄命"状态。至于那是不是就能算女性自己幸福了，恐怕还是很难讲。

什么时候，女性不再考虑自己在男性眼中是什么，而只考虑自己是什么，男女平等、妇女解放、女权运动、大女子主义，大约可以算是真正有了成绩了。

回过头来说金陵女儿。虽然曹雪芹将大观园中的正、副、又副"十二钗"，都归属于金陵女儿，可是看《红楼梦》中的描写，这些人并不都像金陵女儿。

金陵女儿该是什么样，很难数列出一二三四条硬杠杠。

人上一百，五颜六色。尤其是南京这样缺乏鲜明文化特征的移民城市，它的"女儿"更难说出一个固定的模式来。然而南京人或非南京人，仍然会脱口对某人做出像不像南京人的评判。可见大家心目中，对于"金陵女儿"的辨识，还是有一个约定俗成的标准的。只不过，这个标准很难用"是"什么来说明，同样也很难用"不是"什么来筛选。

所以只能大致地勾勒一下，"金陵十二钗"中，哪几位的哪些作为，与世人心目中的金陵女儿相近抑或相背。

第一个像金陵女儿的，或许要数史湘云。她热心豪迈爽直，性儿急，爱说话爱笑闹而口齿不清，"二""爱"不分正符合南京方言发音的特征，却又有着一份顾惜人的仔细。即如给大观园的姐妹们送绛纹戒指，小姐们的让下人送了去，丫鬟们的则由她自己带了来，听她说那一番道理，确是懂得世事，进退得宜的。说她糊涂的林黛玉，在这些地方才真是糊涂着。连宝钗在她面前，也难用心计。她身处黛玉、宝钗之列，而能独树一帜，全仗着大观园内外难得一见的一腔豪爽气。

王熙凤也有些像，大刺刺不减风流，能干而好逞能、好揽事，生怕被人说没手段，威重令行，一呼百诺，就十分得意，同时又贪小便宜，拿着公家的月钱去放高利贷，牟利尚在其次，而操作过甚不免遭人埋怨，正应了南京俗话："吃力不讨好"。时有扶危解困、怜弱救贫之举，亦出于真心而绝非矫情，是她为人中的大好处。处置贾瑞一事，因是自家本钱交易，不免格外辣手。她表面上精明过甚，也有大不精明处，即如平儿在她身边，要貌有貌，要才有才，更兼口齿极伶俐，她却全不提防，直到将平儿给贾琏作妾。无非是平儿会做人，处处显着是为凤姐打算，而最中凤姐心意的，正是时时表示对凤姐"吃力不讨好"的理解。凤姐也就肯吃这一套，这倒是天下至理，未必定是南京人的了。

李纨是最能知足的人，平平淡淡，安度一生，不作分外之想，亦属南京人本色。而且她并非无心思无眼力，其评海棠诗，以宝钗一首含蓄浑厚取为第一，又以黛玉二首立意新雅取为二、三，合起来却推黛玉为魁，可知其论作诗、论做人，见识都不差。

惜春是南京俗话说"死心眼子"的人，在于认准一条道，就不顾一切走到底，更在于苦能吃，气不能受，宁可身子委曲，不肯心委曲。

元春是个平庸的人，既选为贵妃，品貌自无人再敢评头品足，而才情分明在宝玉、探春之下，更无论黛玉、宝钗，正应着南京俗话："呆人有呆福"。回家省亲，与贾母、王夫人三人执手，一句话也说不出，只是呜咽对泣，正是旧时嫁娘初次回门情景。

宝钗表面上是像的，形容娴雅，举止从容，为人谨慎，处事周到。然而其机心伏于常情之中，令人莫辨，以致黠如凤姐、慧如黛玉、豪如湘云，都慨然引其为同类。其与黛玉心事如一，而作为全异，唯下心结纳袭人，预为争当"宝二奶奶"做布置，被人瞧破机心。她吃药也一定是"冷香丸"，吃了"冷香丸"才有香气，致识者有"热面冷心"之讥。这些都是大不像南京人处。

林黛玉表面上不像南京人，小心眼，爱哭，好耍小性子，心事机敏，言语尖酸。骨子里是有点像的，她人品端正，处事耿直，有过人之处而不知掩藏，宁可听天由命也不做表面文章，是"自然有香"。尤其是视普天下男人均为"臭男人"，只以宝玉为知己，也只愿为宝玉之知己，似乎高标逸韵，聪明绝世，其实一无算计，只落得葬花是实事，其余一切皆空。有人指黛玉葬父归贾氏，携来家财当以百万计，而黛玉心中从未见思索，口中更未曾提起，这一点大不像苏州人，而像极南京人，重义轻财，重情轻利。

探春，论气质不及黛玉、宝钗，论才干不如凤姐、平儿，却偏是她能在大观园中演出一场改革闹剧，兴利除弊，一时间令行禁止，有模有样，气象一新，堪称壮丽，所仗全在一份刚直而无私，只想办好事，不怕得罪人，是南京俗话所说能"发呆气"的。

妙玉不像，那种壁立千仞、傲视万方的神韵，该是心神中生长出来，非做作者可以学得。然而在俗人眼中，却又事事属于做作，故事事遭人非议，正是"世难容"。南京姑娘学不来，做不到。只怕天底下也没有姑娘学得来，做得到。这种"神龙见首不见尾"的天人，自曹雪芹心中写出，连曹雪芹也难做收束，只好不了了之，留下一个扑朔迷离的被劫案。

迎春最不像，既无才干，又太懦弱，逆来顺受，连应得的也不争取，甚至教也教不会，这样的"二木头"，似与南京无缘。只是安插他处，恐也未必合适。

秦可卿人见人爱，矫情恰到好处，能令凤姐引为同调，惺惺相惜，是南京姑娘所做不来，而四处纵情，不分上下，则是南京姑娘所不肯做。

巧姐，大约是最终生活于金陵的红楼女儿。

"金陵十二钗"正册中对巧姐的判词，是"势败休云贵，家亡莫论亲；偶因济村妇，巧得遇恩人"。《红楼梦》中最大张旗鼓的"济村妇"活动，无疑是刘姥姥几进荣国府；而且还写到巧姐要板儿手中的佛手，被刘姥姥以巧姐手中的柚子换过佛手给她。在南京方言中，柚子正叫作"香橼"，暗喻巧姐之"缘"当属板儿。"巧姐"配"板儿"，正是一对。书中又写到巧姐与青儿颇投缘，都暗示着巧姐的归宿就在板儿家。刘姥姥是住在金陵城郊的，巧姐能自绚烂归于平淡，无论是嫁给板儿，还是嫁给了板儿村里的周财主，都可以肯定此后生活在金陵城郊，是有名有实的金陵女儿。

刘姥姥大约连"另册"也入不了，但这位老人家，正是南京人所谓"成了人精"的。"世事洞明皆学问，人情练达有文章"，刘姥姥的无字文章，深入浅出，妙不可言。她似乎被公子小姐玩于股掌，实则连贾母也是被其哄得开心。她的心中自有分寸，自贾府满载而归且不失人格，直到最后处置巧姐一事，方显本来面目。

横拉竖扯，可算是歪批《红楼》。当然，比起当今的"红学研究"来，也未必就格外荒诞。

随园吟

前文说到，《红楼梦》中大观园的所在地，依常理当是南京。只是这种常理，往往经不起专家推敲，于是在当代红学研究中，遂形成了南北两派。北派执定大观园的遗址即北京某王府，南派则以为袁枚的随园所在地即曹家故址，大观园当是随园的前身。

简而言之，读过孔尚任《桃花扇》的人，该都记得其中的一位风云人物，名列"明末五秀才"之首的吴应箕。当初正是这位吴应箕，看中了南京城西乌龙潭自然风景的清幽，"其地枕流面山，旁近人家，桃花满篱落，觉桃园鸡犬在指顾间"，遂在乌龙潭东部筑园而居，人称"吴氏园"。入清以后，历任江宁织造的曹家，正是从吴氏园的基址向东拓展，成为闻名遐迩的"织造府花园","水竹花木颇胜,亭馆绰约,布置亦佳",吸引了许多游人。周汝昌先生执定"芳园筑向帝城西",南京素称"六朝古都",织造府花园岂不正在"帝城西"。至雍正年间曹家得罪被抄,房地园林等皇帝搬不走的不动产,都落到继任江宁织造的隋赫德手中,曹织造园也就成了隋织造园。隋赫德曾有"奴才蒙皇上洪恩,将曹寅家产都赏了奴才"的自供,足为凭据。隋赫德好景不长,仅仅四年以后又被抄家,织造园无人继承,渐渐荒圮。直到三十年后的乾隆年间,袁枚买下荒园故址,改"隋"为"随"。随园的来龙去脉,应该说是相当清晰的。

袁枚在《随园诗话》中言之凿凿地宣称:"雪芹撰《红楼梦》一部,备记风月繁华之盛,中有所谓大观园者,即余之随园也。"袁枚的意思,并不是说《红楼梦》中所写即他的随园故事,而只是强调随园与大观园的承续关系。他的朋友,裕亲王世子裕瑞就说得比较明白:"闻袁简斋家随园,前属隋家者,隋家之前即曹家故址也,约在康熙年间。书(即《红楼梦》)中所称大观园者,盖假托此园耳。"作《题红楼梦诗序》的明义也说:"曹子雪芹……其先人为江宁织造,其所谓大观园者,即今随园故址。"以当时人叙当时事,似应比后人自作聪明的摸索揣测为可信。至于袁枚死后,有人斥袁枚此说是撒谎、"脸厚",而并不提供证据,分明是要为骂倒"行为不端"的袁枚,增添些弹药,是不能作为研究的根据的。

袁枚经营时号称三百亩的随园，在太平天国时期重新被辟为稻田。太平天国毁弃南京文物古迹殆尽，根本不需要理由。但此举却可能有一个理由，据说是袁枚的一个孙子，在苏州某县做县太爷，曾经挫过太平军的锋芒。当然也可能是太平军困处围城中，为求粮菜以果腹，自不会顾及都城中的风光。说句刻薄点的玩笑话，太平天国能将《天朝田亩制度》付诸实践的唯一区域，大约也就是随园了。随园中的园林亭阁，那以后也就不再剩什么痕迹。直到二十世纪末，广州路北侧，从青岛路西行，迤逦直到上海路的小仓山上，还有一条名为随园的小街道，只是漫步其间，已很难联想到林妹妹、宝姐姐们的身影了。

当年随园的范围，自然远不止这逼仄的一细条。据袁枚《随园记》，"金陵自北门桥西行二里，得小仓山。山自清凉胚胎，分两岭而上，尽桥而止，蜿蜒狭长，中有清池水田，俗号干河沿。"也就是说，小仓山是清凉山的东脉，分南北两支，迤逦直到北门桥。袁枚曾有诗云："北门桥转水田西，路少行人鸟渐啼。遥望行云遮半岭，此中楼阁有高低。"

《红楼梦》中多次写到金陵城"北门"和大观园的位置关系。南唐定都时所建金陵城，北垣中段正是以干河沿为护濠，北门桥即金陵城北门外护濠上桥，现仍存在。随园与大观园的承续关系，此亦可作为佐证。

两岭之间的干河沿，东至北门桥接杨吴北城濠，在珠江路竺桥转入杨吴东城濠，至东水关外汇入秦淮河，继续南行，在今雨花门处转而向西，成为金陵城南城濠，直至长江边。干河沿西通乌龙潭，其时尚通长江，而金陵城正是以长江为西城濠。杨吴城濠是南京的重要水道之一，而北门桥周边曾是繁华的商品集散地。一九五〇年代建五台山体育场，干河沿西端的乌龙潭被阻断。体育场迄东，在六七十年代还剩下一条纵步可越的大阳沟，有地下涵管穿过中山路，后逐渐被完全填平，成了一条逼仄的小巷，地名仍叫干河沿。

干河沿北仅隔一重房屋，就是新辟的广州路。从袁枚留下的随园图可以看出，当年随园的位置，就是这条广州路的两侧，西起乌龙潭，东过青岛路，小仓山南、北二岭均在园中。主要建筑则在小仓山北岭的南坡上。袁氏墓园所在的百步坡，或许就是因为"茔离园仅百步"而得名。

据说袁枚在世时，随园连围墙都不修，也从来不安排人巡查，任风云栖止，任游人出入，甚至允许邻人入园打柴，实在是难得的旷达。他八十一岁时的诗中还写到"家余旨畜邻分润，园少墙垣贼见怜"，自注说："园无藩篱，恰不失物"，可见不但与邻里的关系好，在社会上的声名也不会差。

袁枚会看中小仓山上颓败的随园，不仅在于它本身的景观，更在于"借景"，也就是袁枚所说的，"凡称金陵之盛者，南曰雨花台，西南曰莫愁湖，北曰钟山，东曰冶城，东北曰孝陵、曰鸡鸣寺，登小仓山，诸景隆然上浮，凡江湖之大，云烟之变，非山之所有者，皆山之所有也"。南京的城市山林，登小仓山可尽收眼底，难怪从曹寅到袁枚，都会看中此地，而曹织造园、隋织造园以至随园，也都会游人如织了。

无论南京的随园与《红楼梦》中的大观园有没有联系，随园在某种意义上，也可以说是一座"大观园"。

随园主人袁枚，妻妾众多，现在有名可稽的就近十位。他二十四岁中进士、入翰林后才结婚，夫人王氏，这在当时，是要算是晚婚的了，二十八岁在沭阳县任上纳亳州陶姬为妾，三十三岁在江宁任上纳苏州方聪娘为妾。三十四岁退休，他一心营造随园，因为一直没有儿子，四十二岁纳妾陆氏，后来又娶金姬，娶钟姬，六十三岁上钟姬终于得子，取名阿迟，此后则未见再纳妾。

更重要的是，他晚年积极鼓励女性参加文学活动，所收女弟子达五十多人，并大力加以表彰，编辑出版她们的诗选集。随园之中，亦时有女弟子过访，吟咏唱和不绝。

袁枚六十岁时，《小仓山房诗文集》编成。武进诗人钱维乔写信给袁枚，替侄女儿孟钿向袁枚索书，并请收其为女弟子。这大约是袁枚收女弟子的肇端。孟钿的父亲钱维城，是乾隆十年（1711）的状元，尚有此求，可见袁枚当时名声之盛。孟钿既得家传，复受名师调理，诗有大家气息，洪北江评其诗"如沙弥升座，灵警异常"。清代是女性文学创作的一个高峰时期，当时不少名家的诗集后，都附刻其妻妾的诗词，而孟钿之夫崔龙见的作品，却附刻在她的《浣青集》后，"夫以妇传"，也是一段佳话。她的三个儿子也都有文名。

京口骆绮兰曾经亲赴随园向袁枚求教，有两诗为记："柴门一径入疏筠，为访先生到水滨。绝代才华甘小隐，名山自古属诗人。""闺阁闻名二十秋，今朝才得识荆州。匆匆问字书窗下，权把新诗当束脩。"袁枚八十岁后去京口，也曾两次寓居骆绮兰的听秋阁中。

江宁陈淑兰住城西南万竹园，袁枚去观竹，陈淑兰求见，说，她读袁枚的诗，曾以为是古人所作，"今幸同时，愿为女弟子"。陈淑兰善绣，曾以素绫绣两绝句呈袁枚，求袁为其诗作序，其一说："我有妆台句，才疏未敢投。若经燕许笔，闺阁亦千秋。"袁枚为她作了七百字的骈体长序。她后去随园游览，见到自己所绣的诗绫，被袁枚裁作门帘，而其时袁枚适外出游历，陈淑兰遂"奉怀四诗，书于壁上"，其中有"自惭绣得簪花格，犹领春风护绛纱"的句子。随园房屋的墙壁上可以容人任意题诗，足证明其开放性。袁枚回园见到后，便又向陈征集新作，陈淑兰作诗二首，有云："彩云高护老人星，闺阁多才共执经。独愧微诗珍重意，也容问字到元亭。"其自注"愚姊妹未娴吟咏，顷蒙索诗再三，赋以志感"，可见袁枚征集女诗人作品，是一种经常性的活动。

又有苏州金纤纤，名逸，幼读书，即爱诗，被吴门闺秀推为诗坛祭酒。金纤纤尤好袁枚诗，病中得《小仓山房诗集》，"伏枕读之，尽四昼夜毕"，遂寄信给袁枚，请收为弟子。后袁枚到苏州，便去拜访她，她扶病出拜，得以了此心愿，并有诗呈袁枚："格律何如主性灵，早闻持论剧清新。惟公能独开生面，此席愁难有替人。比佛慈悲容世佞，得仙居处与花邻。古来著作传多少，那似袁安见及身。"有得"性灵说"豁然开朗之意，可见袁枚所主张的"性灵说"，对于女性诗人来说，大大减少了作诗的束缚，是一种大解放。难怪女诗人们愿意拜在他的门下。

吴江女弟子吴琼仙有《自君之出矣》诗一首："自君之出矣，不复对菱花。思君如春草，一路到天涯。"堪称"性灵派"的好诗典范。

袁枚听说有女性善诗，也会主动向其亲属索观。当时才十七岁的严蕊珠，就有为此感谢袁枚的诗："到处浑同说项斯，品题直欲到蛾眉。怜侬学绾灵蛇髻，尚少风前咏絮诗。"第二年，严蕊珠典环簪为束脩，拜于袁枚门下。袁枚问她是不是读过《小仓山房诗集》，她说："不读不来受业也。"并指出袁枚虽专主"性灵"，但"运化成语，驱使百家"，十分自然，如盐在水中，有味无迹。其领会之深，连袁枚都感到惊奇。

当然也有袁枚碰钉子的时候。丹徒女诗人王琼，十五岁就写出了"我正有心呼婢扫，那知风过为吹开"这样的句子。

袁枚在《随园诗话》中加以表彰，并且专程去拜访她。可是
这位王小姐"以为非礼，竟不之见"，让老先生吃了闭门羹。

袁枚还多次组织女诗人聚会，影响最大的，当数两次西
湖诗会。

他七十七岁那年，游杭州，住西湖宝石山庄，"一时吴
会之弟子，各以诗来受业"。袁枚请尤诏、汪恭二人绘成《随
园十三女弟子湖楼请业图》，其中有湖楼主人孙令宜之二女
云凤、云鹤，孙原湘之妻席佩兰，徐文穆之孙女裕馨，汪又
新之女缵祖，汪秋御之女妽，李宁人之外孙女严蕊珠，廖古
檀之女云锦，金瑚之妻张玉珍，虞山屈宛仙，蒋戟门之孙女
心宝，陈竹士之妻金纤纤，鲍雅堂之妹之蕙，袁枚的侄媳妇
戴兰英也参与了这场盛会。

孙云凤作有《湖楼请业图序》和《湖楼送别序》。席佩
兰有诗为记，并题于图上：

宝石山庄靠镜湖，人间清绝一方壶。十年枉
作西泠梦，早已全身入画图。

先生端坐彩毫挥，争捧瑶笺问绛帷。中有弹
琴人似我，数来刚好十三徽。

选刻新诗昉玉台，卷中人各手亲裁。白家老
媪康成婢，未许窥觎入坐来。

老寿翁须过百龄，果然位业是真灵。愿同伏

胜传经例，一个门生授一经。

后来居上亦何嫌，廿六人终取格严，恰比十三行玉版，谁家副本又新添。

袁枚对席佩兰诗激赏不已，每得新作，朝夕讽诵，选《随园女弟子诗》，也以席佩兰为第一。

戴兰英也作了一首《题湖楼请业图》长诗。

八十岁时，袁枚再到杭州，重开湖楼诗会，而徐裕馨、金纤纤已逝，幸又增加三位新弟子曹次卿、骆绮兰、钱琳，袁枚遂请崔某补绘《后三女弟子图》。

第一次湖楼诗会后，袁枚离杭时，与会的十三位闺秀均有送行诗，汇为一册。此时袁枚又请这三位新加入者补题。钱琳在诗中写道："湖楼佳话遍钱塘，闺阁联吟集锦章。恰似簪花好书格，洛神传刻十三行。"没有参加过湖楼诗会的女弟子，如吴琼英，袁枚曾专程上门，请她补题诗三首，其中一首道："才子扫眉数十三，湖楼佳会一时难。自惭香草童蒙拾，也许随肩入讲坛。"袁枚的侄女袁淑芳虽然未能与会，后来也曾题诗于图上。

时人评图中前后十七人诗，以为孙云鹤、严蕊珠、金纤纤、戴兰英"诗笔最清"。

在此前后，袁枚还曾在苏州召集女弟子聚会。

袁枚七十九岁作《八十自寿》七律十首，其第四首中有

"倭国都来购诗稿，佳人相约拜先生"一联，正是真实写照。

袁枚八十二岁那年，有远在千里之外的归佩珊女士将他的《重赴鹿鸣、琼林两宴诗》绣在绫上，并奉和二十首。袁枚见了，以为情文双美，为赋绝句五首，给予极高的评价："闺阁如卿世所无，枝枝笔架女珊瑚。将侬诗独争先和，领袖人间士大夫。"

袁枚所倡导的女性诗歌活动规模，比大观园中的诗会，有过之而无不及。他所教诲培养的女弟子，大约可算中国历史上规模最大的女性诗歌创作群。《镜花缘》中写武则天开女试，取女进士一百人，那毕竟是出于虚构的小说，而袁枚的女弟子们，在历史生活中确有其人，是真人真事。

从这一意义上说，随园在文化史上的价值，未必亚于大观园。

袁枚的这一作风，固然与他"性灵派"的诗歌创作主张相统一，也是与他所受的家庭影响分不开的。他的母亲"不持斋，不佞佛，不信阴阳祈祷之事；针黹之余，手唐诗一卷，吟哦自娱"。他的姑母、姨母都能读书，姐姐也爱诗，他六十四岁与大姊相会，大姊还向他索诗。他的三个妹妹都能作诗，袁枚曾为她们刻印《袁家三妹合稿》，收堂妹袁棠的《绣余吟稿》和《盈书阁遗稿》，四妹袁杼的《楼居小草》，三妹袁机的《素文女子遗稿》，编入《随园三十种》。另一位堂妹袁杰，出生较晚，作品未能得袁枚编选，而时人以为足与三妹抗衡。袁枚也自小就教女儿识字读书，女儿阿良，据说"五岁解讽咏"，女儿阿珍十岁时就"又读诗书又绣花"，女儿鹏姑"才似女相如"，能"替爷数典替抄书"。

再就是与当时的社会风气有关。有清一代，女诗人辈出，民国初年施淑仪辑《清代闺阁诗人徵略》，共得一千二百六十余人，还以为"十尚不及一二"。即与袁枚同时，许多著名诗文家的妻女都有学诗的经历，女诗人自结诗社亦不少见，尤以苏、杭二地为盛。袁枚原籍杭州，久居南京，往来必经苏州，可谓适逢其会，应运而生。不过，就以他收女弟子五十余人计算，所占比例也是相当大的了。他的女弟子的诗歌创作水平，在当时也得到相当高的评价，道光二十四年（1844）蔡殿齐编《国朝闺阁诗钞》，共收一百人中，就有随园弟子十人，以及袁枚之堂妹袁棠，超过了十分之一。

袁枚在《随园诗话》中说："俗称女子不宜为诗，陋哉言乎。圣人以《关雎》《葛覃》《卷耳》冠三百篇之首，皆女子之诗。第恐针黹之余，不暇弄笔墨，而又无人唱和而表章之，则淹没而不宣者多矣。"所以袁枚决意来做这唱和与表彰的工作，他的《随园诗话》中有十分之五六是记载女诗人吟咏的故事。虽然清代各家诗话多曾论及女诗人之作，但比例如此之高，也是难得的。

这一条后来竟也成为章学诚攻击袁枚为"无耻妄人"的

口实。章氏并且专门写了一篇《妇学》，宣扬妇人的"正学"应该是所谓"妇言妇德妇容妇功"，"文章虽曰公器，而男女实千古大防"，吟诗作文，在妓女尚可容忍，至于"良家闺阁，内言且不可闻，门外唱酬，此言何为而至耶"。更且"无行文人"，名为对女性作品的欣赏，实为对女性容色的贪慕，"其心不可问也"。他因此警告当世才女，当她们以为是在炫耀自己的才能时，男人"且以为色而怜之"，"不知其故而趋之，愚矣"，倘若明知而故犯，那就更是愚不可及了。只是这篇文章虽被广为翻刻流布，却并不能阻止清代妇女文学创作的大潮。章氏攻击袁枚，说"大江以南名门大家闺阁多为所诱"，也从反面证明了随园女弟子的兴盛。

编入《随园三十种》的《随园女弟子诗》共六卷，内收席佩兰、孙云凤、金逸、骆绮兰、张玉珍、廖云锦、孙云鹤、陈长生、严蕊珠、钱琳、王玉如、陈淑兰、王碧珠、朱意珠、鲍之蕙、王倩、张绚霄、毕智珠、卢元素、戴兰英、屈秉筠、许德馨、归懋仪、吴琼仙、袁淑芳、王蕙卿、汪玉轸、鲍尊古等二十八位女诗人的作品。袁枚并为每位女诗人撰写了小传。

孙云鹤诗选中，有一首诗很值得一提。诗前小序说："仁和高氏女，与其邻何某私通，其父母不知也。女已许配某家，迎娶有日，乃诱何外出，而自悬于梁。何归大恸，即以其绳自缢。两家恶其越礼，不肯收殓。邑宰唐公为捐赏买棺而双瘗之，命城中士女均为赋诗。"未嫁女与邻私通，在那个时代是大丧风败俗之事，所以家人"恶之"到不肯收殓的地步。这位县太爷是个大开明人，也是个大有情趣之人，不但出钱买棺材，而且命全城士女赋诗，在那个时代也要算惊世骇俗之举。可以想见，这种情况下，士女之诗，必不致贬斥死者。孙云鹤的诗是一首七律："由来情种是情痴，匪石坚心两不移。倘使化鱼应比目，就令成树也连枝。红绡已结千秋恨，青史难教后代知。赖有神君解怜惜，为营鸳冢播风诗。"袁枚编女诗人诗选时，能将此诗选入，可见对于此举，必是持欣赏态度的。

袁枚颇有点像同时代人曹雪芹笔下的贾宝玉，对女性是真心爱之，得到心爱的女性喜不自胜，且希望大家都能知道他的欢乐，这倒真有点诗人的赤子之心，比之道貌岸然的假道学们要真诚可爱得多。身边的女性去世，他都有情真意切的诗文以志纪念。一些未必有肌肤之亲的女子的遭遇，他同样也会表示强烈的同情。如金姬十四岁的小妹凤龄，被卖到苏州阊门为妓，袁枚将其赎回来，那一年他五十八岁，"不欲为枯杨之稊，为择少年郎嫁之"，也有诗赋离别。一年后凤龄死，袁枚深悔，长歌当哭。

袁枚多妻妾女伴的生活，以今天的道德标准衡量，是不足取法的。然而在他所处的那个时代，则并不算特别出奇出格，出奇出格的只是他的公开宣言而已。他甚至还刻有一颗印文为"花里神仙"的朱文印，公然使用。换句话说，别人都是只做不说，"闷声大发财"，而袁枚偏偏又做又说，以至于被视为"异端"，为世所不容。

现今已成家喻户晓"正面人物"的"宰相刘罗锅"，在江宁做官时，就"闻其荡佚，将访而按之"，打算调查属实后以法律手段制裁袁枚。幸而有朋友从中劝说，袁枚才得以逃过这一劫。这也使今天热爱刘罗锅的电视观众，损失了一长串想必会有声有色的肥皂泡。而我们擅长"戏说"的编剧们，不知怎么竟没有想到这一节，就那个"明察暗访"的过程，就足以展示多少美女和多少艳事呵。

袁枚的朋友赵翼，也曾半真半假地控告过袁枚一回，说他"既满腰缠，即辞手版。园伦宛委，占来好水好山；乡觅温柔，不论是男是女。盛名所至，轶事斯传。借风雅以售其贪婪，假觞咏以恣其饕餮。有百金之赠，辄登《诗话》揄扬；尝一胔之甘，必购食单仿造。婚家花烛，使刘郎直入坐筵；妓宴笙歌，约杭守无端闯席。占人间之艳福，游海内之名山。人尽称奇，到处总逢迎恐后；贼无空过，出门必满载而归。结交要路公卿，虎将亦称诗伯；引诱良家子女，蛾眉都拜门生。凡在胪陈，概无虚假。虽曰风流班首，实乃名教罪人"。说袁枚辞官不做是因为腰包捞满了，风雅聚会是为了骗钱，不但玩弄女色而且玩弄男色，甚至勾引良家女子……每一条都足以令他身败名裂。后来是两人共同的朋友钱维乔从中化解。钱维乔可以说是促成袁枚收女弟子的始作俑者，合该由他来平息这场纠纷。

其实袁枚对于收女弟子，态度是相当严肃的。其所作《喜老七首》之第三首，细致地做了描述："汉廷夏侯胜，宫中延为师。以其年笃老，瓜李无嫌疑。我亦大耋年，传经到女士。班昭苏若兰，纷纷来执贽。或捧灵寿杖，或进上尊酒。入谒必严妆，惜别常握手。虽然享重名，不老可能否。"一个"严妆"，一个"握手"，应该就是交往时双方所守的界限了，而前提也十分明确，就是袁枚已经到了"大耋年"，否则虽享重名，也未必能如此。况且他的女弟子不少都是名门闺秀，她们的父兄或丈夫多是袁枚的朋友，倘若真有"引诱"情节，早就不能为世所容。

袁枚死后，一度更成为文坛的攻击目标，且攻击者中不少都是他的故旧和门人，一时间颇有"众叛亲离"的意味。不过细想起来，也并不奇怪。这些人会成为袁枚的朋友或学生，或者真的是与袁枚有同心同好，或者是借袁枚的理论以为自己放浪放荡的借口。《清史列传·文苑传》说，"后进之士未学其才能，先学其放荡"，当是事实。袁枚在世时，他们"背靠大树好乘凉"，即非才子，也尽享"风流"，何乐而不为。待到袁枚这棵大树一倒，他们没有力量也没有勇气抵挡全社会旧传统的强大压力，坚持不住，为了逃脱围剿，解脱自己，最便捷的方法，就是"反戈一击"，以背叛袁枚来换取回到旧营垒的通行证。此种伎俩，已为历代小人所屡试不爽。从同志和友谊的角度说，这是袁枚的悲剧，然而换个角度看，这恰恰又证明了袁枚的先觉之伟大。

竹枝词

　　中国人接触古典文学，大约都是从唐诗开始的。若干年来时兴学前教育以至胎教，不少胎儿在妈妈肚子里就听熟唐诗若干首。不知道有多少人会从此养成了对唐诗的终生热爱，或者换个角度说，不知有多少人对于中国古典文学的兴趣也就到背唐诗为止了。

　　我小时候自然也背过唐诗，只是与唐诗的缘分，到中学毕业就已结束。按照中华民族的文化传统，诗是用来"载道"或"言志"的，我们这些生活在"政治挂帅"以至"文化大革命"时代的青年学子，能看到的唐诗，更是无不"以阶级斗争为纲"。待到下乡插队，实际上是变相地被逐出"革命"，不得不从盲目地"关心国家大事"转向关注自身境遇，词，无论是豪放派的不为世用，还是婉约派的离情别绪，都更能引起共鸣。十年浩劫终结，招工返城，社会和个人都开始向正常状态回归，又有了自由阅读的可能，对贴近市民生活、形式也较为自由的散曲发生兴趣，到现在也还喜欢着，不过今天更能吸引我的，已是直抒胸臆、畅所欲言的民歌了。

竹枝词，大约就是介于词曲与民歌之间的文学样式。这当然是我这门外汉简单化的想法。权威定义如何，没有请教过专家，只约略知道它家世显赫，出自名门，据说是唐代大诗人刘禹锡的首倡。

历代竹枝词，多出于文人之手。文人的脾性，也有两端，一种是见有名家之作，便要附骥尾去应和；一种是见有成功之式，便要模仿之再翻新。即如竹枝一唱千和之后，就有人"创制"出"柳枝词""桔枝词""桂枝词""松枝词"，甚至有人记日本风俗，就叫成"樱枝词"。名堂虽多，其实是旧酒装新瓶，揭去商标，依然竹枝词而已。

竹枝词的作者虽多属文人，但各人心态不相同。有的人牢牢记着自己的文人身份，即令憋出"民间"的口吻，还不忘"文以载道"的大旨；有的人大约原本来自民间，在这一瞬间仿佛又回复了本来面目，作品不乏民间的善意幽默，一语道破的直白，特别是水灵鲜活的滋润。印象中越是大家，就越是显出淳厚质朴的本色。无论竹枝词是儿时随意散漫、长大了学得道貌岸然，还是原本正人君子、败落了才会放浪形骸，我喜欢的只是随意散漫、放浪形骸的那一种。

　　尤其喜欢的是竹枝词的内容，多反映风土人情，而且浅显易懂。关于南京的竹枝词，人物事件比较熟悉，即使出现一些用典，也不难找到娘家，且又琅琅上口，所以读来更觉亲切。就像明万历年间进士钟惺的《秦淮竹枝》："覆舟春半望鸡笼，玄武青青隔两红。古寺夕阳流水外，游人不信是城中。"从覆舟山望鸡笼山，春半时节，两山新绿未成，犹披年前红叶，而山间玄武湖已碧波荡漾，隔断"两红"，据说前身是南朝同泰寺的鸡鸣寺正在夕照中，生动地绘出了山、水、城、林交融一体的金陵古都风貌。明人龚翰的《金陵竹枝词》说："雨花台畔旧乌衣，金碧浮屠赤石矶。人在镜中花在眼，伯劳飞去杜鹃飞。"六朝乌衣巷原址近中华门门东的剪子巷，所以更邻近雨花台。清代始将文德桥左近的那条小巷易名乌衣巷，而现在挂牌的乌衣巷与王谢故居，则又是二十世纪末"改造"后定名的了。金碧浮屠指中华门外的大报恩寺塔，附近的明城墙以赤石矶为部分基址，赤石矶被包进城内的部分，直绵延到武定门左近，南冈上有周处读书台。这一带自东晋以来成为繁华的居民区。作者以景物变迁引出的沧桑感慨也就不再玄虚。

　　宋人杨万里《竹枝歌》有序："晚发丹阳馆下，五更至丹阳县。舟人与纤夫终夕有声，盖吟讴啸谑，以相其劳者。其辞亦略可辨。有云：'张哥哥，李哥哥，大家着力一齐拖'。

又云：'一休休，二休休，月子弯弯照九州'，其声凄婉，一唱众和。"他因此有感，写下了一组《竹枝歌》，有描绘背纤行船情景的："吴侬一队好儿郎，只要船行不要忙。着力大家一齐拽，前头管取到丹阳。"也有描写"妹妹"体贴"哥哥"的："岸边燎火莫阑残，须念儿郎手脚寒。更把绿荷包热饭，前头不怕上高滩。"

近年来广为流行的"妹妹你坐船头，哥哥在岸上走"，不就是这个意思么。

诚如任半塘先生论竹枝词时所指出，晚期的竹枝词，"歌辞全出文人，意境全在'女儿'"。金陵竹枝词中表现更多的，自然就是金陵女儿的形象；而着眼点则在一个"情"字上。

元人赵文《竹枝词》："江南女儿善踏歌，桑落酒熟黄金波。洗壶日日望君至，君不来兮可奈何。"明人汪广洋《竹枝词》："涧水泠泠清见沙，妾心如水谅无他。愿君莫学杨花薄，一逐东风不恋家。"谢晋《竹枝词》："水面风来浪簇花，山头月出树惊鸦。叶凋尚有归根日，郎去如何不忆家。"虽然未必是专咏南京，但应该也是包含了南京的。汪广洋另有一首也作女性口吻："守近东窗弄玉梭，织成阔幅翠绞罗。殷勤持赠裁春服，莫遣缠头买笑歌。"织成罗绮赠情郎，希望他裁制衣服穿在身上，不要拿去做买笑的缠头之资。这让人联想起"五陵少年争缠头，一曲红绡不知数"的旧话，然而换了一个视角，更见出江南织女的用心良苦与无可奈何。

钟惺的《秦淮竹枝》，所描写的则肯定是金陵女儿了。

"女儿十五未知羞，市上门前作伴游。今日相邀伴不出，郎家昨送玉搔头。"金陵旧俗，少女一到定亲之后，行动就会受到拘束，不能在公开场合随意露面，至少在定亲的那几天中，要一本正经地扮作"淑女"模样。而少女心里仍留恋着往日的天真烂漫，所以今日的"不出"，也就有了"伴"的意味。另一首写的就不是小家碧玉，而是大家闺秀了："小合轻囊贮甲煎，自温旧火试新烟。休论炉底名香价，一碗炉灰买百钱。"古人用薰香的办法保持室内的长久香气，薰炉中香火经久不息，而名香煨成的灰烬，仍有香气，一碗价值百钱，可见奢华一斑。

周圣楷的二首《竹枝词》，写的是金陵女儿的室外活动。"家住秦淮淮水西，门前芳草绿萋萋。郎来莫打莺哥叫，妾在高楼听马嘶。"女性在相别时谆谆叮嘱，说明居处的位置特征，"听马嘶"一方面表现了女性对情郎的熟悉程度，一方面也表现出盼望情郎早至的心情。"乍晴门巷住香车，绿柳红桥是妾家。今日新妆何处去，太平门外看荷花。"有香车停门外，美人新妆而出，引人注目，邻人询去处，答曰看荷花。出太平门北行，正当玄武湖沿岸，湖中莲荷，素负盛名，南京夏秋间，正是玄武湖赏荷的好时机。这里显示出的心态，是欢快明朗的。

　　沈璟之女沈静専，字曼君，著有《适适草》，她在《竹枝词》中同样写到荷莲，而寓意大不相同："妾住横塘小有天，数株杨柳绿于烟。深池浅池俱种藕，要使郎君多见莲。"借"藕"喻"偶"，借"莲"喻"怜"，明写景物，实诉衷情。过去江南一带新房中常见的图画也是莲藕，有的还有题，写的多是"中秋佳藕（偶），莲莲（年年）生子"。

　　"隔园情暖夜深杯，消息他家又密猜。最是小鬟低寄语，送茶兼复送花来。"万历年间赵韩的《秦淮竹枝词》，写的则是女性的闺怨，情郎不至，难免疑猜，而丫鬟的体贴，更衬出主人的寂寞。

　　清初徐士俊写下一组《秦淮竹枝词》，共七首：

　　"少年挟弹昼不还，粉黛朱门夜不关。请郎但醉落星石，阿侬莫上鸡鸣山。""星岗落石"，是"金陵四十八景"之一，地处城西北郊，山野之地，正可挟弹行猎，便豪饮大醉亦不妨。只要情郎不去寻花问柳，"阿侬"也就可以不上鸡鸣山了。"阿侬"是南京方言中残留的吴语成分，鸡鸣寺中的观音菩萨，最为金陵女性所崇信，但有心事，便去拜求。

　　"云母屏风湘竹帘，娇歌偏度一痕纤。知音果在屏儿下，分付红靴且露尖。"屏风竹帘，成了有情男女间的障隔，只能通过屏风下微露的靴尖，向知音传递消息。

　　"桃叶堤头连水平，轻衫簇簇踏堤行。侬家心事流不去，呜咽秦筝指上鸣。"桃叶渡是容易引发春情的地方，女儿的心事不能随水流去，唯有借一曲秦筝宣泄。

"湖水青青浸柳花，三山门外莫愁家。而今谁更愁如我，独抱茵芋数乱鸦。"茵芋是一种有毒的药草，数乱鸦也是一种占卜的方法，可见女儿确是"愁"到了了无生趣的程度。三山门即今水西门，莫愁湖正在水西门外，此言莫愁，愈衬托出女儿的愁。

"行人休唱长干行，长干女儿不动情。惟爱夜深船上月，低低吹出凤儿笙。"长干女儿不是"不动情"，而是已心有所属。王子晋月下吹凤翼笙，是旧典。

"小小新栽杨柳枝，可怜攀折不成丝。教他插过清明节，不许长亭送别离。"折柳寓意送别，柳枝新插即折，自不能成"思"。南京俗话说："清明不插柳，死了变黄狗"，清明上坟、插柳，则都属故乡之事，意在留情郎久居，不许轻言别离。

"新月弯弯曲个钩，窅娘袜底素丝兜。风流旧事看不见，犹喜人传百尺楼。"以新月喻小脚，而小脚例藏裙底。窅娘故事已见前文，百尺楼为南唐宫中建筑。南唐旧事虽"看不见"，但百尺楼的风流，则为人口耳相传。

乾隆年间刘大櫆也有一组《秦淮竹枝词》：

"水西门外江水长，清凉山上暮云黄。郎意已随水西去，妾心何日得清凉。""水西"，既可指南京的繁华港口水西门，又可喻乘船溯江西去之意，"清凉"也兼指山之清凉和心之清凉。将南京的实有地名，用作双关语，十分机巧。

"送郎记折柳枝归，柳絮纷纷落满衣。不惜将身作柳絮，天涯到处逐郎飞。"化身柳絮逐郎飞，反旧典而用之，想象颇为新鲜，表现出女性追慕爱情的坚定意志。

"武定桥边郎渡河，凉篷船上听侬歌。听到三更月西落，我侬情较你侬多。"情郎已经登船将渡，女儿还在岸边唱歌表示自己的不舍，唱到最后，终于明白自己爱情郎胜于情郎爱自己。

清人沙张白的一组《秦淮竹枝词》，生动地写出了秦淮风月对于良家少女的微妙吸引，也可以看作一个良家少女在这环境熏染下渐变为风尘女子的过程。

"十三女儿金凤钗，生来未踏门前街。一自灯船游赏后，梦魂夜夜到秦淮。"十里秦淮，桨声灯影的魅惑力，不仅对于男性，对于初涉尘世的女性，也同样很强烈。

"歌残桃叶渡头风，夹岸相思只梦通。喜见石梁成利涉，凌波夜夜月明中。"桃叶渡上架起了利涉桥，先为木桥，毁圮后复改建石桥，更便于夜行。这女孩的夜夜梦到，已发展为夜夜流连。

"东街女儿貌倾城，西街荡子颜如英。隔船相视难相问，恨煞灯明与月明。"少女已经有了初恋的对象，欲亲近又怕人知晓，隔船相视，难通音问，只能在心中怨怪灯与月。然而她所爱慕的对象，竟是"西街荡子"，隐示着始乱终弃的结局。

　　"河房四面绕河滨，桃叶笙歌夜夜春。岸上美人相倚看，画船人望画帘人。"岸上美人与船上美人，都是对方眼中的风景。而秦淮河房与秦淮画舫，则都是风尘女子的居处之地。或者也可以说，女主人公已经完成了她的角色转换，成为新一代"十三女儿"眼中的欣慕对象了。

　　我们已经说到妓女了。正如前面所讲过的，中国古代关于女性的文字，至少有一半是为妓女而写的。从时代上看，秦淮河畔的官妓业衰退，私娼业兴盛，这一转换正发生在明代万历末期。而竹枝词的内容，也在此际发生了相应的变化。

　　可以作为代表的，是文震亨天启二年（1622）的一组《秣陵竹枝词》。

　　他记录了这一年秦淮画舫的复兴。"只因辽海羽书传，三度端阳逐画船。今岁西台弛厉禁，河房一日赁千钱。"万历末年东北边患日甚一日，曾连续三年禁止民间举行节庆活动，使得秦淮画舫冷落，这年一开禁，秦淮河房身价顿时大涨。"十年中事几参差，七夕中元看水嬉。邀笛阁中同怅望，只如壬子以前时。"壬子在万历四十年（1612），到天启二年正好十年。然而繁华如旧，内容已不同，私妓取代官妓成为"娼盛"的主体。从端阳到中元，诗人的心情也发生着变化，从以为国事好转的庆幸，到看出末世狂欢的端倪而"怅望"，所以他在诗注中写道："每过其地，低回久之。"邀笛步，东晋王徽之邀桓伊吹笛之处，这样的大风雅如今已不可见。

文震亨且注意到秦淮风月活动受季节性水涨水落的影响："秦淮冬尽不堪观，桃叶官舟搁浅滩。一夜渡头春水到，家家重漆赤栏干。"冬日水枯难载画舫，河房也因天寒不开临河的门窗，沿河一派灰暗枯寂，诚无足观。春水一到，面目立变。曹伟谟《秦淮竹枝词》也写出了这层意思："秦淮春水绿迢迢，杨柳千条更万条。每过珠帘停打桨，惹他帘内罢吹箫。"画舫停止打桨，使河房珠帘内人以为此船有停靠之意，担心慢待了客人，于是停止吹箫安静等待，实则船上人有捉弄的意思。清初王榗《秦淮竹枝词》也写到帘内人对灯船的反应："文德桥东武定西，朱帘两岸挂初齐。闻说灯船从此过，笑声一片出香闺。"挂帘本是为了避免被人一览无遗，但又不能成为冷漠的障隔，所以人面未露而笑声先出，既显示出一种自重身份的矜持，又传达了欢快的情绪。

"开到桃花春水多，青溪九曲半笙歌。西关三月随潮启，遍放游舫泊内河。"西水关是城内十里秦淮出城汇入外秦淮河的关闸。清人厚庵写到西水关随着三月水涨而开启，使外秦淮河的船只也得以进入内秦淮游玩停泊。他另有一首写夏日涨水情景："雨后潮生景更殊，红栏绿水两平铺。登楼不用危梯引，好是纤纤玉手扶。"秦淮河房临河一侧多有伸入河中的吊脚水榭或水阁，下置窄梯直达水面，以供阁中人下游船或画舫中人上登进房。夏日大雨之后，河水上涨几与水榭相齐，船上游客不用楼梯，有人搀扶，一抬腿就可以跨上水榭了。周在延写的也是夏初景象："灯船对对列朱旗，五月秦淮水满堤。夹岸明妆欢笑处，卷帘争看碧琉璃。"

乾隆间人徐溥写的是仲夏："荼蘼开罢绽红榴，底事秦淮作盛游。两岸河房添好景，石栏杆外竞龙舟。"古话说"开到荼蘼花事了"，秦淮河畔的花事本无了无休，端午赛龙舟更添一分游兴。

佚名诗人《秦淮竹枝词》写盛夏："东关曲处柳条条，赤日行天暑正骄。饭罢游人争打桨，招凉齐泊大中桥。"东水关是秦淮河进入城内的关闸，出东水关到大中桥一带，正当青溪与秦淮河交汇处，水面宽阔，沿岸翠柳拂风，正是画舫游人纳凉佳处。朱自清和俞平伯两先生的同题散文《桨声灯影中的秦淮河》，写到的游船停泊之地亦是东水关外。

秦淮灯船的活动，夜晚更甚于白天。何春巢写道："兰桡最是晚来多，万点红灯映碧波。我已三更鸳梦醒，犹闻帘外有笙歌。"徐溥写的是："水调伊梁动客愁，渡头桃叶尚名楼。画船入夜笙歌沸，笑指星河看女牛。"王楫也写到夜深更残时的余韵未尽："一河明月映层澜，画舫归时漏已残。宝鸭香消银烛冷，有人还依玉阑干。"咸丰初年（1850）倪德新《秦淮竹枝词》，记录了太平天国占领南京前十里秦淮最后的繁华："朝朝杨柳系兰舟，夜夜星箫满画楼。多少黄金销不尽，只知歌舞不知愁。"

诗人们也记下了十里秦淮最繁华的地段和游船的活动范围。文震亨写道："荡舟只到水关前，垂柳枝枝映碧帘。旧院后门头泊棹，女郎相约上游船。"游船通常在旧院登船，东行至水面宽阔、碧柳成荫的东水关一带活动。

明人李东旸《秦淮竹枝》记述河房画阁，直达西水关内："三山门外即通江，画阁临流径木桩。晓起鬟鬊鉴淮水，夜深箫管度昆腔。"昆曲虽起于昆山，但兴盛传播，还是得益于南京这个大平台。

"何处春光景倍佳，烟花十里旧秦淮。豪家日费千金赏，博得青楼一凤鞋。"徐溥笔下的十里烟花，就是东水关到西水关之间的十里秦淮。杜牧诗"十年一觉扬州梦，赢得青楼薄幸名"，而今"豪家"只博得"一凤鞋"，可谓等而下之。"红妆结队斗铅华，高髻盘云堕鬓鸦。相与踏青联袂去，旧王府里看桃花。"旧王府，当指朱元璋称吴王时所居府第，清初废为菜圃，现地名王府园，附近有小巷亦名旧王府，距夫子庙不远。

佚名诗人的两首《秦淮竹枝词》："武定桥连文德桥，水关处处总通潮，随潮荡进随潮返，两桨无须著力摇。"东西两水关之间的十里秦淮，最繁盛的还是武定桥至文德桥一段，河面宽不过数丈，两岸河房相对，"画楼对面敞玲珑，一水盈盈语可通。隔着春波同照影，两边人总水当中"。

秦淮妓家风俗，首先要说到的是佩花插花。尤其是夏日相聚，香汗淋漓，难免异味，故而香花是不可缺的。文震亨写到秦淮女儿插花的技巧："茉莉簪蕊不簪花，傍晚清香一倍加。穿作玉钗环作钿，直拢蝉鬓假堆鸦。"茉莉香气浓烈，能遮饰异味，南京人夏日佩茉莉成为习俗，至今不衰。而早起买花，至晚必锈，买花蕊则至晚正好开放，不但可以佩于衣间，而且可以穿成头饰。雪樵居士还写到室内的插花："胆瓶添水供金粟，绿鬓堆鸦压素馨。莫怪横陈香沁骨，美人原是百花薰。"素馨即是茉莉的别名。何春巢也写到妓家喜佩素馨："猩红一点着樱唇，淡抹春山黛色匀。压鬓素馨三百朵，风来香扑隔河人。"良家女子，多在早晨买花戴，至晚花锈败则弃之。清人马士图《秦淮竹枝词》则写到傍晚专供妓女的卖花人："惊醒乌云梦里仙，一声花卖夕阳天。晚妆未罢郎来接，卷起珠帘上画船。"也要算一种职业特征。

妓院被称为"红灯区"，有人以为源出西洋，其实清人黄家骥《秦淮竹枝词》即已写到妓家以红灯为标志："酒斟鹦鹉一双杯，被绣鸳鸯八幅堆。忽见红灯摇水阁，笑声低拥小姑来。"佚名诗人《秦淮竹枝词》也写到红灯："红灯一路灿楼台，火树无边顷刻开。十二湘帘刚半卷，月中箫鼓几船回。"看来"红灯区"的称呼，还是中国的自家传统。

帘，是一种别生情致的门窗障隔，妙在若有若无、似见非见之间。"隔帘花影动，疑是玉人来"成为情人幽会的经典表述。帘成为妓家爱用的门窗饰物，也就不奇怪了。周骨山《秦淮竹枝词》:"轻盈绣扇去来风,香气霏微落照红。莫道巫山多少路,美人只隔一帘中。"徐溥笔下的丁字帘则已衍化为地名:"丁字帘前柳数行,晚凉浴罢换新妆。娇喉齐唱桃花扇,谁似当年郑妥娘?"卓人月《秦淮竹枝》中写到虾须帘:"两岸高楼倚白榆,楼头人面映虾须。雨丝风片有时有,云黛烟鬟无日无。"清末民初女诗人沈韵兰《秦淮竹枝词》写的已是电灯光下的湘帘:"画舫轻摇任去留,艳妆娇女坐船头。电灯掩映波光荡,何处湘帘不上钩。""秦淮河畔画桥头,东向家家卖酒楼。亚字栏杆之字水,江南风月一帘收。"萧瑞麟这首《金陵竹枝词》,可以作为收束。

也有诗人描述妓女的妆束。同治间陆寿光《秦淮竹枝词》以为杭州衣裳、苏州发型最为时髦:"淡匀脂粉斗风流,称体轻衫换越绸。艳说新兴时样髻,晚妆还要学苏州。"袁崧生则以为秦淮妓的小脚比苏州尤胜,在《秦淮劫余竹枝词》中写道:"妆仿吴娘较若何,吴娘无此好凌波。浅帮鞋子新罗袜,裙底添娇比孰多。"

妓女的才艺,最为人所重的是唱。狎客显摆风流,最简单的也就是吼上一嗓子。文震亨写道:"少年吹客狎邪游,时曲新腔谱不收。瞒却耳根存恕口,夸他揭调与沙喉。"狎客荒腔野调错得离谱,善于应酬的妓女,不谈耳朵的真实感受,挖空心思还要夸奖他几句。诗人笔下,未免刻薄。"梨园子弟也驰名,半是昆腔半四平,却笑定场引子后,和箫和管不分明。"写的是当时的"流行音乐",南昆北曲荟萃。周骨山也记录了这一点:"北弦南管不同乡,今日吹弹共一场。若问青溪波上影,梨园还是旧时装。"

高层次的妓女,常有能诗会画的。文震亨有诗:"描兰写竹最难求,色貌何妨第二流。学得美人身段在,几番新浴几梳头。"多才多艺者,色貌纵稍差声誉仍高,而身材好也比面貌美重要。

最后要说到的,就是狎客荡子的感受了。明人袁凯在《浦口竹枝》中写道:"浦上荷花生紫烟,吴姬酒肆近人船。更将荷叶包鱼蟹,老死江南不怨天。"真有令人欲仙欲死的力量。

晚年的厚庵在《秦淮竹枝词》中发出这样的叹息:"年来霜雪满吟髭,惭愧风前唱竹枝。红豆好抛千万粒,沿河处处种相思。"到了这样一把年纪,自己也觉得不大好意思了,还希望人家能够都想着他,也算痴情种子,却正应了当时的一句笑话:"莫非他这一把白胡须,倒是砂糖拌的"。

天国谣

　　在南京生活得越久，对南京历史文化的了解越深入，就越是不想去谈有关太平天国的话题。中国已经有太多研究太平天国的专家，已经有太多关于太平天国的难辨真伪的学术著作和普及读物，以至于二十世纪后半叶出生的每一个中国人，都能从小学起就在教科书上读到太平天国的优胜纪略。然而恐怕没有多少人知道，太平天国时期有过这样一些诗："手不顾主该斩手，头不顾主该斩头，些不顾主些变妖，周身顾主福已求。""喙邪变妖喙该割，不割妖喙凡不脱，割去妖喙得升天，永居高天无饥渴。""心邪变妖心该剜，不剜妖心发大麻，剜去妖心得升天，心净有福见爷妈。"此外还有"眼该挖""耳该切""手该断""脚该斩"之类。这些可不是什么人的惑众妖言，而是太平天国"旨准"印行的《天父诗》，或者叫《天父圣旨》，是严肃的"红头文件"。"去妖"的目的是"升天"，洪秀全正是以虚拟的天国、天堂为号召，裹挟盲从信徒而席卷天下的。

这个话题过于沉重了，还是留给政治家或历史学家去探究。其原因，是在被太平天国称为天京的南京城里，所见所闻的太平天国丰功伟绩，与专家所教导我们的相距太远。专家们研究的出发点，或许是太平天国的宣言，甚至只是其中的某些宣言。我所直接感受到的，则是城市的历史痕迹与民间流传中所反映出来的太平天国实际作为。最明显的例证，就是南京的重要历史文化遗迹，在太平天国时期几乎全部被毁，而且几乎全部毁于太平军之手。当然人微言轻如我之辈，绝没有与专家们对阵的意思。古话说，识时务者为俊杰。我虽然不敢谬托俊杰，毕竟也还懂得拿鸡蛋碰石头的结果。不能说真话又不愿说违心的话，最明智的办法就是避而不谈。

但是，既然说到金陵女儿，好像又确实难以回避太平天国这一特殊时期南京女性的生存境况。太平天国的主张"男女平等"、推行"妇女解放"，至今仍被专家们认定为"光辉的业绩""伟大的成就"，甚至断言"这样广大彻底的妇女解放运动"，"是人类史上最先进的妇女解放运动"（罗尔纲《太平天国史事考》，生活·侯书·新知三联书店一九八五年五月第三版）。太平天国时期的"女军""女馆""女科举"，倍受推崇，似乎这就是太平天国时期"恢复了人权"的妇女的"幸福"。洪秀全的一句名言，"天下多男人，尽是兄弟之辈；天下多女子，尽是姊妹之群"，更是广为流传，似乎这就是太平天国时期男女平等的现实。

至少，这也应该是被太平天国称为"小天堂"的天京城里的现实。

然而，太平天国时期，从天王府内到天京城中，千千万万女性的实际生存境遇，对于今天的研究者，未必就是秘密。每一个良知未泯的文化人，都不能无视这一场近在咫尺的金陵女儿（实际上远不止于金陵，而是整个天国统治区域内的女性）所蒙受的大劫难。我并不奢望这篇文字能够取代专家们重复一千遍而形成的"真理"，只希望对这些未必新鲜而偏偏长期不为某些研究者所正视的材料，进行较为客观的分析，以为读者朋友认识太平天国"妇女解放"的真实状况，提供另一种参照。

如果说二十世纪上半叶，研究者还有可能接触到太平天国劫难的幸存者，那么今天研究太平天国的妇女政策，能够利用的主要已是历史文献。所幸这些文献并不难得，百余年来曾以多种形式发表或出版过。只是，有耐心细读这些文献的人，有勇气直面这些文献的人，有胆识披露这些文献的真实意义的人，恐怕还是太少了一点。

太平天国文献中妇女政策的所谓优胜之处，从太平天国的宣言材料和专家们的概括来看，大略可举出以下几项：
拜上帝教教义规定男女平等；《天朝田亩制度》规定"凡分
田照人口，不论男妇"；"凡天下婚姻不论财"，且有法定的
结婚证书与婚礼仪式；严禁奸淫；禁缠足，废奴婢，禁娼
妓等。

倘若这些都是事实，南京城内的女性，似乎真的该是生
活在"天堂"之中了。

所以上述诸项，也常被专家们视为前无古人的"创举"。

然而，历史的事实却无情地说明，这些政策中，一部分
虽属"创举"，却是从未实行的，如《天朝田亩制度》。所
以妇女在经济上的"平等地位"也始终停留在一纸空文上。
专家们解释说，太平天国一直被围困于若干孤城之中、战事
不断，客观条件的限制，使其"英雄无用武之地"。似乎这
一美好制度的不能实行，完全该归罪于"反动派"。然而从
下面的叙述中，将可以看出，进入"小天堂"后的太平天国
领导层，已经腐败到无可收拾的地步，成为彻头彻尾的封建
统治者，再加上邪教的精神控制，即令其取得全国政权，也
不会再有实行这一制度的可能。

另一部分是有所实行的，但几乎都可以在中国的文化传
统中找到出处，肯定不是太平天国的"创造"。更重要的是，
其实际内涵与专家们对天国宣言的诠释大相径庭。

如奸淫之禁，洪秀全在《原道救世歌》中说："第一不

正淫为首，人变为妖天最嗔"，"淫"而至于变"妖"，尤其值得特别注意。太平天国对于"妖"的处罚极为严厉，专家们常将天国文书中的"妖"含混解释为"清妖"，将其草菅人命粉饰为"对敌斗争"的坚定性。此后洪秀全又仿摩西《十诫》，制定十款《天条》，第七天条即"不好奸邪淫乱"，并且将男女奸淫作为"最大犯天条"，"邪淫最是恶之魁"，在《天父诗》中又强调："那样犯倒或得赦，单单条七罪滔天"，在《天命诏旨书》中，又明确规定："如有犯第七条者，一经查出，立即严拿，斩首示众，法无宽赦"，在《禁律》五十九条之中，也有数条关涉犯禁处置办法，如"凡犯第七天条，如系老弟兄，定点天灯，新弟兄斩首示众"，甚至"凡夫妻私犯天条者男女皆斩"，连婚内性生活也不允许，将正当的男女性关系也涵括在"淫"的范畴之内。因为禁淫，自然也就要禁娼。但这根本就是儒家"万恶淫为首"陈腐教训的极端发展，而以屠杀手段禁绝男女性关系，甚至包括婚内性关系，实在是令人发指的愚昧和残暴。

　　如缠足之禁，更是清政府一贯坚持的。本书在《缠足舞》一文中已有详述，此不赘。只是清王朝没有如天国领袖那样对汉族缠足者实施屠杀手段而已。

　　至于"凡天下婚姻不论财"，在实行之中，却变成了从买卖式婚姻向掳掠式婚姻的大倒退。天京城里曾普遍实行"配婚"制度，太平天国的下级官员与士兵，可以由媒官用抽签的办法"配给"若干女性为"妻"。至于高级官员，则可以在更大的范围中选妃、选美。如此"婚姻"，自然不须论财。然而这种"配婚"，无论有多么神圣的婚书，无论有多么庄严的婚礼，仍然改变不了掳掠的本质。这种掳掠的对象直扩展到支持太平天国的外籍女子，如坚决支持太平天国的英国人吟利，其未婚妻玛丽在苏州时，就为赞王蒙得恩世子蒙时雍所垂涎，"尝两次欲强掳之"，吟利不得不带着她避往杭州，"冀免惹祸"。

一夫一妻制，是男女平等最重要也最起码的标志。而最能证明太平天国对待女性的真实态度的，就是天国上层人物的多妻制。

金田起义未久，洪秀全即天王位，就已拥有十五六位娘娘。杨秀清伪托天父下凡，诏命各王多纳女子，此后一夫多妻遂成满朝新贵的惯例。天王诏定东王、西王各娶女十一人，南王以下至豫王各娶女六人，高级官员娶三人，中级官员娶二人，低级官员娶一人。在永安被捕的洪大全供词中说，"洪秀全耽于女色，有三十六个女人"。定都天京后，因在武昌操持选妃工作而得天王宠信的蒙得恩，更热衷于选美充供内廷，每逢各王生日，都要在女馆中搜罗俊俏女子多人作为礼物，因此被提拔为春官又正丞相，专门管理女馆事务。"天京事变"之前，杨秀清曾说过"今蒙天父开恩，娘娘众多"的话。幼天王洪天贵福被俘后更供称其有"八十八个母后"，比"三宫六院七十二妃"还要多出几个。洪天贵福九岁时，洪秀全就为他娶了四个"妻子"。罗尔纲在述及此事时，只说幼天王"九岁后，洪秀全就不准他与母亲姊妹见面"，以证明"拜上帝会教规分别男女之严"，却避而不谈洪秀全同时给了他四个"妻子"的事实。罗氏用心也诚为良苦。东王杨秀清在武昌就已强行从民间选美，令全城十三至十六岁的少女一律参选，违者罪及父母。有的父母将女儿脸面涂污，以求蒙混过关，哪知现场早备好清水令少女洗脸，结果杨秀清一次就选得未成年美少女六十人。定都天京后的"东王娘"为数当更多，仅"天京事变"内讧中被杀的就多达五十四人。甚至对来到天京的外国传教士，天王也能一次许配三妻。洪秀全在五十二岁的壮年就一病不起，不能不说与他的多妻纵欲有关。

　　顺便说一句，天王府中不用太监，一切服役都用女性，这也曾被某些专家视为太平天国的"进步"。然而这实在不是洪天王不想用太监，只是无太监可用。南京城中本无太监，而太监的阉割手术，也非民间医生所能掌握，就算能够掌握，也必须在幼童时施行，远水解不了近渴。唐德刚先生在《晚清七十年》中说到"东王的干法——到民间去捉些幼童来，把他们的'小鸡'割掉"，"据可靠证据，洪、杨等人确实杀掉幼童无数人，而一个太监也没有制造出来"。至于正常的男人，那更是绝对不许进入后宫的。"犯入后宫，随获随斩"。早在从武昌向南京进军途中，洪秀全就曾专下了一道《严别男女整肃后宫诏》，"后宫面永不准臣下见"，"臣下有敢起眼窥看后宫面者，斩不赦也。后宫声永不准臣下传，臣下、女官有敢传后宫言语出外者，斩不赦也"。以杀无赦来保证洪秀全对于后宫女性的绝对占有。

因为没有太监，天王宫中女官及女性工役多达数千人，除了承担劳务，同时也都是天王的性奴隶。其中得"恩承雨露"并特邀宠爱者都可以成为"上帝媳"，都称为"娘娘"，天王皆称其为"妻"，名义上大家"地位平等"，而且都要举行正式的结婚仪式，以表示并未违犯"不好奸邪淫乱"的"第七天条"。后宫中地位最高的是洪秀全的继配夫人"又正月宫"赖氏，有权管辖六宫。其下是"副月宫"和"两十宫"，再下就是一般的"娘娘"了。这些人表面上不分嫔妃，也不算媵妾，互为"姊妹"，身份都很高贵。"天下多女子，尽是姊妹之群"的正解，或许就在于此了。然而无论这些女性的称谓或地位如何"平等"，仍不能改变一个事实，就是太平天国沿袭中国封建传统的后宫多妃嫔丑恶制度，有过之而无不及。

同时，娘娘们并不能因为身任"革命"皇后，或曾得洪天王的雨露滋润，就"大公无私"起来，一样也会争风吃醋，嫉妒争斗。对于这些"娘娘"的管束教导，很费了洪秀全不少心思。作为太平天国正式文件印行的《天父诗》五百首中，自十一首以后，都是假托"天父"以训诫宫中妇女的，而且十分之九都是洪秀全的"创作"。从继配"国母"赖氏到众"娘娘"到执事女官，尽在受训诫之列。为使这些文化程度不高的女性能够领会，这些诗句鄙俗浅白，诚可谓"循循善诱"。

洪秀全生性暴躁，动辄发怒，对众娘娘责骂打踢，大加鞭笞，贬入冷宫，都是常事。杨秀清曾不止一次假托天父下凡给予劝诫，而贵为娘娘者也有因受不了洪秀全的虐待而逃跑的。《天父诗》第二十四首："一眼看见心花开，大福娘娘天上来。一眼看见心火起，薄福娘娘该打死。大福薄福自家求，各人放醒落力修。"这就是洪秀全心理的真实写照，娘娘们的"大福"与"薄福"，完全取决于洪秀全的"一眼看见"。《天父诗》第十七、十八首，则是所谓"十该打"："服事不虔诚，一该打；硬颈不听教，二该打；起眼看丈夫，三该打；问王不虔诚，四该打；躁气不纯静，五该打；讲话极大声，六该打；有喙不应声，七该打；面情不欢喜，八该打；眼左望右望，九该打；讲话不悠然，十该打。"第三百八十七首又说："只有媳错无爷错，只有婶错无哥错，只有人错无天错，只有臣错无主错。"在《幼学诗》中也有专论"妻道"的："妻道在三从，无违尔夫主。牝鸡若司晨，自求家道苦。"尊奉的分明仍是封建伦理的"三从"。凡是主张太平天国"尊重妇女"的专家，都应该认真学习一下这些货真价实的太平天国文献，再来奢谈此辈的思想和行为是否属于"革命斗争需要"。

对于胆敢违犯教诲者，天国的处置更是极为严厉，直到五马分尸。《天父诗》第二百零七首明确宣布："内言内字不准出，敢传出外五马分；外言外字不准入，敢传入内罪同伦。"凡此种种，都是为了洪秀全的"安乐"，《天父诗》第二百六十六首说得很清楚："这个又冲，那个又冲，尔主那得安乐在宫中？这个不然，那个不然，尔主那得安乐在高天？这个又赦，那个又赦，尔主那得安乐管天下？这个又饶，那个又饶，尔主那得安乐坐天朝？"不知道满足洪秀全的个人淫乐欲望，是不是也该归入"革命需要"。顺便说一句，罗尔纲选注《太平天国诗文选》(中华书局，一九六〇年三月版)中，这类诗一首都没有选。由此我们也可以想见，提供给广大普通读者的"太平天国文献"，最常用的技巧是做"减法"，也就是将有损其"光辉形象"的内容，通通删减掉，而被删削后的片面材料，也就易于配上似是而非的"注释"。

不少专家喜欢引证西方人关于太平天国的记述，以为客观而较少偏见，实则也是误会。洪秀全们对于西方的《圣经》和天主教义，即使有所接受，也完全是一种实用主义的接受，即断章取义地截取、曲解某些经文作为"拜上帝教"的教义，简而言之，凡是有利于他们夺权争利者他们接受之，凡是有利于他们豪奢腐败者他们也接受之。无独有偶，某些西方人对太平天国的兴趣，同样也采取了实用主义的态度，并不在乎其有多少"革命性"或"文化进步"，而只注意其对天主教的认同方式及程度，所以对于符合天主教义以及西方文化的材料，津津乐道，大加褒扬，甚至不惜夸张到变形。对于天国领袖的多妻，西方传教士也曾为之辩护，以为《旧约》并未禁止多妻，且不乏多妻的榜样，如大卫就有七妻十妾，而且仍受上帝的欣赏。然而洪天王让"天父"不辞劳苦创作近五百首诗歌来为他教训后宫，不知读到这些诗的西方信徒，会发生什么感想。

与此成为鲜明对照的是，在洪秀全等高层领袖纵欲无度的同时，天国的一般将士，特别是南京的普通人民，却沦入了被迫完全禁欲的怪圈。在"禁奸淫"的冠冕旗帜下，实行的却是严厉的"别男女"。"天堂子女，男有男行，女有女行，不得混杂"的"天条"落到实处，就是"小天堂"南京全城的居民被一分为二，男性入男馆，女性入女馆，分别由男女太平军将士管理。天国的法令严禁男女接近，就是合法夫妻也不许共同生活。夫妻正当性生活的结果，竟是绝无宽贷地双双被杀。

这一制度始于金田起义之际。被未来的"天堂"生活所诱惑的教徒，往往变卖田地家产，举家投入太平军。携妇将雏，虽然壮了声势，却也乱了秩序。为了保证军队的战斗力，当时分别建立了男营和女营。尽管天国领袖也承认"省视父母，探看妻子"是"人情之常"，"原属在所不禁"，但又严格规定只许"在门首问答，相离数武之地，声音务要响亮，不得迳进姊妹营中，男女混杂"，如此"方得成为天堂子女"。有违此令，即遭屠杀。洪秀全们如此威胁利诱，不择手段地将这野蛮措施维持下来，是因为发现了其在军事上的重要意义，即女营中的亲属实际成为一种人质。前方将士倘败逃或被俘，其亲属将受惩处，所以无不奋勇上阵，

为了减少军队对于这一措施的不满，天国领袖们曾许诺，进入"小天堂"南京后，就允许他们与家人团聚。然而占领南京后，除了高层各王大造王府、广纳美女外，女营制度更发展为女馆制度，从军内扩展到了民间，且限制更为严厉，惩罚更为残酷。领袖的食言，百姓的怨望，都导致军心动摇，东王不得不亲自出面重做承诺，答应在打到北京后允许军民家人团聚。

杨秀清在这份《劝告天京人民诰谕》中，还以他的荒唐逻辑，解释太平天国造成南京人民之被"荡我家资，离我骨肉，财物为之一空，妻孥忽然尽散"的合理性，那就是太平军攻占南京城时，没有屠城。在他以为，"往古来今更换朝代"，是"无不斩杀殆尽"的，太平军占领南京后，虽然满族老幼四万余人被屠尽，汉族男女十万余人被"自杀"，但确实没有斩尽杀绝，故而幸存的南京百姓都要"认实天父天

“兄生养之恩”，以太平天国为重生父母才对，哪里还能计较财产的损失，哪里还能奢望正常的家庭生活。

姑不论南京历史上改朝换代本绝少屠城的事实，太平天国既以“仁义之师”自我标榜，不可扰民虐民当是题中应有之义，怎能转眼就以此为借口要人家付出如此沉重的代价。某些专家也学着杨秀清的口吻，以太平天国的女馆制度为“保护”妇女贞操的有效措施，以为女馆是为防止发生“不正当的男女关系”而设。然而太平军入城之前和离去之后，南京城内“不正当的男女关系”绝没有严重到非男女分馆不可。倘若太平军入城之后，非如此就无法保证南京妇女不受骚扰，太平军的“军纪严明”岂不是也太虚假了。

无论专家们对太平天国的这一野蛮举措如何从好处着想，最宽容的解释，也只能说是因噎废食。

女馆的设置，多以城中原有的深宅大院为集中居住地，以广西、湖南等地早期参加太平军的“老姊妹”为基层管理人员，最高主管官员是春官又正丞相蒙得恩，奉派“总理女营事务”。“新姊妹”也作军事编制，不但有南京本地的十余万名妇女，而且有从扬州、镇江等地解来“登天堂”的数万妇女。馆内的妇女，最初每人每日给米一升，后来改为给谷半升，到了太平天国四年（1854）夏天，天京粮食更为紧张，竟减为每人每日给米六两至三两（旧制十六两合一斤）不等，只能吃粥充饥。而且，天下不但没有白吃的午餐，也没有白吃的稀粥，入馆的妇女都必须承担沉重的劳务。除少数善女红者被分入锦绣营刺绣织锦，其余妇女则被派去背米、担煤、抬砖、运土、开壕沟、削竹签、割麦、割稻等，且各有计量标准。如被派削竹签者，每日自城郊砍竹运回，连夜赶工也要完成八十斤。"老姊妹"在后督工，不满意就挥鞭抽打。太平天国"禁奴婢"，在理论上不允许一个人成为另一个人的奴婢，在实践上则是让所有的人都成为太平天国统治者的奴隶。

这里还牵涉一个禁缠足的问题。广西农村劳动妇女，多不缠足，而南京城内妇女多缠成小足。"老姊妹"认为南京妇女不耐劳苦是缠足的原因，遂严令不许缠足，已缠成小足者也一律解去缠足布，不解缠就杀头。然而缠小之足，解缠也已不能变大，失去缠布支撑，行动更为困难。被迫解缠的妇女痛苦不堪，怨声载道，哭声冲天，以致有忍受不了而自杀的。罗尔纲武断地以为"解放"缠足就是历史的进步，大加称颂，诚可谓铁石心肠。简又文退了一步，认为这可算是南京人民为了"民族革命"而做出的牺牲。然而，倘若一加以"革命"的桂冠，就可以为所欲为，甚至灭绝人性，那么这样的"革命"，究竟有什么意义呢？人民为什么要欢迎这样的"革命"呢？

相比之下，清王朝的禁缠足，反能较从实际出发，一是规定某年之后出生者不许缠足，一是对原缠者能放足则放，不能放则不放。尽管清王朝的禁缠由于种种原因而收效甚微，但这种人道的态度应是值得肯定的。实则太平天国的禁缠足，同样也只风行一时，女馆散后，南京妇女缠足依旧。

随着时间的推延，这种硬性隔绝男女正当交往的野蛮举措，使得太平军将士怨恨日甚一日，并由"天父"在此事上的言而无信，开始疑及其他，甚至发展到高级将领叛逃。东王杨秀清不得不改变方针，下令准许老兄弟姊妹夫妻团圆，对没有成家的将士则配给"妻子"。于是设置官媒，专门负责分配女馆中十五至五十岁女子给功臣战将，且按照职位，或得十余人，或得数人，或得一人。分配的办法，则由官媒抽签指婚，然后再发给"结婚"证书并举行"结婚"仪式。据说职位较高的官员还有机会挑选姿容佳美的女性，士兵便只能听天由命，结果有老兵配少女的，也有小兵配老妇的，而女馆为之一空。现存的两张太平天国《合挥》，就是太平军士兵与当地妇女"结婚"的证书。

至于这些金陵女性是否愿意"配"给那些"革命功臣"，可就是天晓得了。

太平天国"尊重妇女"的神话，至此可说已彻底破灭。

若干年来，对于资产阶级政权，理论家一再告诫我们，不能只看它的宣言，而更要看它的行动。这无疑是正确的。然而，对于太平天国这种明确的封建专制政权，专家们为什

么却又只看它的宣言，甚至只看它的某些宣言，而不看它的
行动呢？如果不是出于某种自身利益的驱动，那就只能认
为这些专家肩膀上所扛的，依然是一个封建脑壳。

图书在版编目（CIP）数据

金陵女儿/薛冰著. —上海：上海三联书店，2017.10

ISBN 978-7-5426-6027-5

I.①金… II.①薛… III.①随笔—作品集—中国—当代

IV.①I267.1

中国版本图书馆CIP数据核字（2017）第183736号

金陵女儿

著　　者 / 薛　冰

责任编辑 / 陈启甸　朱静蔚

特约编辑 / 李志卿　王卓娅

装帧设计 / 阿　龙　许艳秋　苗庆东

监　　制 / 姚　军

责任校对 / 王卓娅

出版发行 / 上海三联书店

　　　　　（201199）中国上海市闵行区都市路4855号2座10楼

邮购电话 / 021-22895557

印　　刷 / 山东临沂新华印刷物流集团有限责任公司

版　　次 / 2017年10月第1版

印　　次 / 2017年10月第1次印刷

开　　本 / 787×1092　1/32

字　　数 / 137 千字

印　　张 / 7.5

书　　号 / ISBN 978-7-5426-6027-5 / I·1298

定　　价 / 48.00元

敬启读者，如发现本书有印装质量问题，请与印刷厂联系0539-2925680。